위대한 개츠비

# 위대한 개츠비(포켓북시리즈)

**초판 1쇄 발행** 2019년 11월 25일
**초판 2쇄 발행** 2021년 9월 10일

**지은이** F. 스콧 피츠제럴드
**옮긴이** 하소연
**펴낸이** 남기성

**펴낸곳** 주식회사 자화상
**인쇄,제작** 데이타링크
**출판사등록** 신고번호 제 2016-000312호
**주소** 서울특별시 마포구 월드컵북로 400, 2층 201호
**대표전화** (070) 7555-9653
**이메일** sung0278@naver.com

**ISBN** 979-11-90298-17-9  00840

이 도서의 국립중앙도서관 출판예정도서목록(CIP)은 서지정보유통지
원시스템 홈페이지(http://seoji.nl.go.kr)와 국가자료종합목록시스템
(http://www.nl.go.kr/kolisnet)에서 이용하실 수 있습니다.
(CIP제어번호 : CIP2019045677)

# 위대한 개츠비

F. 스콧 피츠제럴드 지음

자화상

# 차례

# 제1장

내가 아직 어리고 상처받기 쉬운 나이에 아버지가 충고의 말씀을 해주셨다.

"누구를 비판하고 싶어질 땐 말이야. 이 세상 사람들은 네가 누리는 만큼 그렇게 좋은 처지에 있지 않다는 것을 먼저 기억해야 한다."

아버지는 그 이상의 말씀은 하지 않으셨다. 우리 부자는 서로 간 많은 이야기를 주고받지는 않았지만 이상할 정도로 잘 통했다. 그 때문에 나는 아버지의 그 말 속에는 더욱 많은 의미가 포함되어 있음을 알 수 있었고, 이로 인하여 나는 판단을 보류하는 습관이 생겼다.

그로 말미암아 수많은·이상한 성격의 사람이 나에게 접근해 왔으며 나는 그들의 시달림을 받게 되었다. 이상한 성격의 소유자들은 나같이 평범한 인간이 나타나면 당장 알아차리고 강한 애착을 보였다.

나는 대학을 다닐 때 정치적이라고 부당한 비난을 받았다. 왜냐하면 난폭하고 잘 알지 못하는 사람들의 은밀한 고민거리를 알고 있었기 때문이다. 그러나 대부분의 비밀은 나에게 알려지지 않았다. 그들의 비밀이 나에게 알려질 것 같은 확실한 기미가 보이게 되면 나는 딴청을 해서 차단시켜버렸기 때문이다. 젊은이들이 자기의 비밀을 친근하게 드러내거나 알리는 방식은 흔히 남의 것을 모방하는 게 대부분이었다.

판단을 보류한다는 것은 상대방에게 무한한 희망을 갖게 하는 것이다. 지난날 아버지가 자랑스러운 얼굴로 설교했던 것을 나 또한 흉내 내고 있지만 나의 관대한 태도를 자랑하는 이면에는 관대

함의 한계가 존재한다.

작년 가을, 내가 동부에서 돌아왔을 때만 해도 세상의 모든 사람이 유니폼을 입은 것처럼 똑같아 보였고 정신적으로 주의력을 기울여주었으면 하고 바랐다. 나는 어떤 특권이라도 부여받은 듯한 눈빛으로 다른 사람의 마음을 들여다보고 싶지는 않았다. 그런데 오직 개츠비 한 사람. 이 사람만이 나의 바람을 벗어나는 예외가 되었다.

개츠비는 내가 경멸하고 비웃는 세상의 모든 것을 대표하는 인물이었다. 그에게는 눈이 부시도록 찬란한 개성이 있었고, 고양된 감수성과 예리한 민감성도 존재했다. 그러한 민감성은 '창조적 기질'이라고 그럴듯하게 불리는 무기력하고 활기 없는 감수성과는 완전히 다른 종류였다. 그것은 희망을 갖게 하는 탁월한 재능이었으며 '로맨틱한 기민함'과 같은 것인데, 내가 다른 사람들에게서는 일찍이 발견한 적이 없었고 앞으로도 결코 발견할 수 없을 것 같은 기질이었다.

그렇다. 결국 마지막에는 개츠비가 옳았다는 것이 밝혀졌다. 인간에 대한 절망적인 슬픔이나 주체 못할 기쁨에 대하여 내가 잠시나마 관심을 차단한 것은, 개츠비를 희생하게 하고 더럽힌 불결한 사람들 때문이었던 것이다.

우리 가문인 캐러웨이가(家)는 3대에 걸쳐 이곳 중서부의 도시에서 부유한 생활을 누려온 명문가이다. 우리는 버클루 공작의 자손이라고 전해진다. 가문의 기반을 닦아놓은 할아버지는 51세 때 미국으로 건너왔다. 남북 전쟁이 벌어졌을 때 할아버지는 사람을 사서 대신 출전시키고 철물 도매상을 차렸다. 그리고 나의 아버지가 그것을 물려받아 오늘날까지 운영 중이다. 나는 할아버지를 본 적은 없으나 아버지 사무실에 걸린 다소 완고해 보이는 표정의 초상화를 자세히 보다 보면 내가 그분을 닮은 느낌이 든다.

나는 1915년에 아버지보다 25년 늦게 예일 대학교를 졸업했다. 곧이어 위대한 전쟁이라고 알려진 게르만 민족의 이동에 참전했다. 이 전쟁에서의 역습은 통쾌하기 이를 데 없어서 집에 돌아와서도 흥분이 쉽게 가라앉질 않았다.

중서부 지방은 더 이상 활발한 세계의 중심지가 아니었다. 마치 황량한 우주의 한 자락 같다는 생각이 들었다. 그래서 동부로 가서 주식시장에 관한 일을 배우기로 결심했다. 당시엔 내가 알고 있는 모든 사람이 증권 사업에 종사하고 있었다.

"글쎄…… 뭐, 괜찮겠지."

나의 결심에 주변 사람들도 여러 의견을 내놓으며 매우 진지한 얼굴로 승낙을 했다. 아버지는 1년 동안 재정지원을 해주기로 약속했다. 어쨌든 나는 스물두 살 되던 해에 영원히 머무를 생각으로 동부에 왔다. 1922년 봄의 일이었다.

당장에 현실적으로 닥친 문제는 동부 도시에서 방을 구하는 일이었다. 그러던 중 회사의 한 젊은 친구가 도시에서 좀 떨어진 시골에 있는 집을 하나 얻어 같이 사용하면 어떠하겠냐는 제안을 하였다. 우리는 비바람에 색이 바랜, 월세 80달러짜리의 허술한 방갈로 한 채를 찾아냈다. 그러나 막상 이사할 무렵에는 그가 워싱턴으로 발령이 나는 바람에 혼자서만 이사를 하게 되었다. 내가 가지고 있는 것이라고는 개 한 마리와 낡은 닷지 자동차 한 대뿐이었다. 다음으로 잠자리를 살펴주고 아침 식사를 마련해줄 핀란드 출신의 여인을 고용했다.

며칠 뒤 아침, 나보다 늦게 이곳에 온 어떤 사람이 나를 불러 세우고 길을 묻기 전까지 하루 이틀 정도는 무료한 생활을 보내고 있었다.

"웨스트에그 마을은 어느 쪽입니까?"

그는 힘없이 물었다.

나는 그에게 길을 가르쳐주고 나서 더 이상 외롭지 않았다. 나는 안내자요, 개척자이며, 이 고장의 토박이가 되었다. 그는 우연하게도 이 지역의 이웃이 된 자유를 나에게 준 셈이었다. 그리하여 햇빛과 함께 푸른 잎이 자라는 것을 보며 새로운 생명이 여름과 함께 시작된다는 확신과 함께 새로

14

운 삶이 시작된다는 흥분 어린 시간을 가졌다.

나는 읽어야 할 것이 너무 많았다. 맑고 신선한 공기를 마시며 건강도 길러야 했다. 그래서 은행업무며 신용대출, 투자신탁에 관한 책 열두 권을 샀다. 그 책들은 조폐국에서 방금 나온 지폐처럼 붉은빛과 금빛으로 반짝였다. 그 책들은 오직 마이더스(그리스 신화의 프리기아의 왕)와 모건(미국의 부호), 메세너스(로마의 시인이며 정치가)만이 알고 있는 눈부신 비밀을 풀어줄 것처럼 약속을 하고 있었다.

나는 전문가들 중에서도 가장 보기 드문 '원만한 인간'이 될 생각이었다. 다음의 말은 단순한 경구(警句)가 아닌 진리였다. '인생이란 또 다른 창에서 보면 아주 성공적으로도 보이게 마련이다.'

내가 북미에서도 가장 독특한 지역 중의 한 곳에다 집을 빌렸던 것은 아주 우연한 일이었다. 그 집은 뉴욕에서 동쪽으로 뻗어나간 길쭉하고 너저분한 섬 롱아일랜드에 있었다. 나는 그곳의 웨스트에그(West Egg)에 살고 있었는데, 나의 집은 웨스트에그의 끝부분에 있었으며 만(灣)에서 얼마 떨어지지 않은 곳이었다. 나의 집은 양쪽의 거대한 두 저택 사이에 끼어 있어 초라해 보였다. 특히 오른쪽의 저택은 어떠한 기준에서 보더라도 굉장한 모습이었다.

노르망디에 있는 호텔 드 비유를 본떠 지은 것으로 담쟁이덩굴로 뒤덮인 탑과 대리석으로 된 수영장, 5만 평이 넘는 잔디밭과 정원이 있었다. 이것이 바로 개츠비의 저택이었다.

그 저택에서 본다면 내 집이야말로 눈엣가시 같은 것이었겠지만, 아주 작은 가시였기에 그것은 신경 쓸 거리도 되지 못했다.

나의 집은 그 호화로운 저택보다 위쪽에 있었으므로 바다가 보였고, 저택 정원의 한 모퉁이 잔디도 볼 수 있었으며, 한편으로는 대부호와 가까워졌다는 위안도 있었다. 월세 80달러짜리 집에 살면서 이런 것들을 가질 수 있었던 것이다.

만(灣)의 맞은편에는 하얀 저택들이 해변을 따라 반짝이고 있었다. 이 이야기는 내가 톰 뷰캐넌 부부와 함께 저녁식사를 하기 위해 그곳으로 차를 몰고 간 바로 그 여름날 저녁부터 시작된다.

데이지는 나의 육촌 여동생이고, 톰은 나와 대학 시절에 안면이 있었다. 전쟁이 끝난 직후에는 그들과 함께 시카고에서 이틀을 보낸 적이 있었다. 데이지의 남편은 운동에 재주가 남달랐다. 특히 예일 대학의 미식축구 선수로 막강한 역할을 한 사람이었다. 어떤 면에서는 국가적인 인물이었었는데 스물한 살 때 전성기의 탁월한 재능을 보여주었고, 그 뒤의 모든 것은 내리막길인 것처럼 보이는 그런 사람이었다.

그의 집안은 엄청난 부자였다. 대학을 다닐 땐 돈을 물 쓰듯 해 비난의 대상이기도 했다. 그래서 시카고를 떠난 지금도 남들이 보면 놀랄 정도의 멋들어진 모습을 하고 동부로 왔다. 예를 들면 레이크 포레스트(일리노이 주 시카고의 북쪽 미시간 호

17

반에 있는 도시)에서 이사를 올 때 한 떼의 폴로 경기용 작은 말을 끌고 같이 오는 식이었다. 나와 비슷한 세대로서 그런 많은 재산을 가지고 있다는 것이 나로서는 받아들이기 힘들었다.

그들이 무슨 이유로 동부로 건너왔는지는 모른다. 특별한 일 없이 프랑스에서 1년을 지냈고, 그런 후에는 폴로 경기를 하는 곳이면 어디든 가면서 즐겼다. 데이지는 옮길 때마다 이번이 마지막이라고 말했지만, 나는 그 말을 믿지 않았다. 나는 데이지의 마음은 알 수 없었으나, 톰이 다시는 할 수 없는 미식축구의 추억을 그리워하며 끝없이 방황해 왔음은 알 수 있었다.

그리하여 나는 따스한 바람이 부는 어느 저녁 날에, 내가 잘 알지 못하는 두 옛 친구를 만나기 위해 이스트에그로 차를 몰았다.

톰 뷰캐넌은 으리으리한 저택의 현관에서 승마복을 입은 채 다리를 벌리고 서 있었다.

뉴헤이번의 대학 시절과는 많이 달라져 있었다.

억센 머릿결의 30대 남자로서 굳게 다문 입과 교만한 태도를 지니고 있었다. 그의 승마복이 지닌 여성스러운 우아함조차도 그 건장한 몸집의 엄청난 힘을 가리진 못했다. 번쩍이는 부츠도 팽팽하게 부풀어 맨 위의 끈이 터질 듯했고, 얇은 윗옷 밑에서 어깨가 움직일 때마다 근육이 꿈틀대는 것을 볼 수가 있었다. 거대한 힘을 발휘하는 지렛대와 같은 근육을 지닌 위압적인 육체였다.

그의 목소리는 고음에 허스키하여 상대방을 압도하는 듯한 부모가 자식을 대할 때 말하는 음색이었다. 그래서 대학에서는 그의 언행을 미워하는 친구들이 있었다.

"이봐, 이런 일들에 관한 나의 의견이 최종적인 것이라고 생각하지는 마라. 내가 너희들보다 힘이 세고 남자답다고 해서 그렇게 생각할 필요는 없어."라고 말하는 것 같았다.

우리는 같은 4학년 모임에 들어 있었는데, 나를 인정하면서도 내가 자기를 좋아하기를 바란다는 것을 그의 거칠고도 도전적인 태도에서 느낄 수 있었다.

우리는 햇빛이 비추는 현관에서 잠시 이야기를 나누었다.

"여긴 좋은 곳이야."

그는 말하면서 한쪽 팔로 나를 돌려 세우더니 넓적하고 큰 손을 휘둘러 바로 눈앞의 경치를 가리켰다. 이탈리아식 정원과 장미화단 그리고 저편 바닷가의 모터보트가 멀리 내다보였다.

"전에는 드메인이라고 하는 석유업자의 소유였지."

그는 품위를 갖추더니 내 몸을 다시 돌려 안으로 안내하였다.

"그만 안으로 들어가지."

우리는 천장이 높은 복도를 지나 밝은 장밋빛의 장소로 들어갔다. 창문들은 조금씩 열려서 선명한 색의 잔디빛이 번지고 있었다. 그리고 선선한 바람이 불어와 커튼의 한쪽 끝을 밖으로 날리다가 이내 설탕이 덮인 웨딩케이크처럼 생긴 천장 쪽으

로 불기도 하고 다시 해수면으로 날아가 포도주
빛깔의 카펫 위에 잔물결 같은 그림자를 드리우기
도 했다.

방 안에서 오로지 움직이지 않는 것이라고는 엄
청나게 큰 긴 의자 하나뿐이었는데, 그 위에는 젊
은 두 여자가 앉아 있었다. 두 여자 중 더 젊은 쪽
은 모르는 이였다. 또 한 여자, 데이지는 일어나려
고 했다. 그녀는 진지한 표정으로 몸을 약간 굽혔
고 조금은 어색하지만 매력적인 웃음을 지었다.
나 역시 웃으며 방으로 들어갔다.

"저는 행복해서 무력해지고 말았어요."

그녀는 매우 기발한 말이라도 한 것처럼 또 한
번 웃었다. 그리고 잠시 내 손을 잡고 내 얼굴을
보면서 이 세상에서 제일 보고 싶었던 사람이라
고 말했다. 데이지의 버릇이었다. 그녀는 옆에 있
는 여자의 이름은 베이커라고 내게 귓속말로 알
려주었다. 그녀의 속삭이는 말버릇은 상대방을 자
기 쪽으로 기울이게 하려고 하는 거란 말을 들은

적이 있다. 터무니없는 험담이지만 이런 속삭임은 그녀의 매력을 조금도 떨어뜨리지 않았다.

베이커 양의 입술이 살짝 움직였다. 그리고 내가 거의 알아차릴 수 없을 정도로 나를 향해 고개를 끄덕였다.

나는 데이지를 다시 바라보았다. 그녀는 나긋하게 귀를 휘감는 목소리로 여러 가지를 묻기 시작했다. 그녀의 목소리에는 남자라면 잊어버리기 힘든 어떤 흥분 또는 자극이 담겨 있었다. 부드럽게 노래하는 듯한 박자로 "이봐요." 하는 속삭임, 그녀가 방금 즐겁고 신나는 일을 했다는 암시 같은 것을 느낄 수 있는 목소리였다. 나는 동부로 오는 도중 시카고에서 하루를 보냈고 그곳의 많은 사람이 그녀에 대한 애정과 안부를 전하더라고 얘기해 주었다.

"그들이 저를 보고 싶어 하던가요?"

그녀는 황홀한 기쁨에 흥분하며 소리를 질렀다.

"도시가 온통 허전했어. 모든 자동차가 장례식

22

조화처럼 왼쪽 뒷바퀴를 검게 칠하고, 북부 해변
에서는 밤새도록 바람이 슬프게 불어댔지."

"어머, 굉장해요! 우리 돌아가요, 톰! 내일 당장!"

하고 말하더니 엉뚱한 말을 덧붙였다.

"아이를 보셔야죠."

"보고 싶어."

"세 살이에요. 지금 잠들어 있어요. 지금껏 본
적이 없었나요?"

"한 번도 못 봤어."

"그렇다면 더 봐야지요. 꼭……."

한곳에 있지 못하고 방 안을 서성거리던 톰 뷰
캐넌이 내 어깨에 손을 얹었다.

"닉, 자넨 지금 뭘 하고 있지?"

"증권장사."

"어디에서?"

나는 사무실 이름을 말했다.

"들어본 적이 없는 곳인데."

그는 단호하게 잘라 말했다. 이것이 나를 언짢

23

게 만들었다.

"이제 알게 되겠지."

나도 간단하게 대답했다.

"동부에 머물게 되면 곧 알게 될 거야."

"오, 나도 동부에 있을 거니까 걱정할 거 없네."

그는 말하면서 데이지를 힐끗 쳐다보고는, 다시 나에게 시선을 돌리며 뭔가 경계라도 하는 듯 말했다.

"여기 말고 다른 데서 산다는 것은 어리석은 짓이야."

이 때 베이커양이 입을 열었다.

"당연하죠!"

너무나도 갑작스런 말이라 나는 깜짝 놀랐다. 내가 이방에 들어온 이후 그녀가 처음 한 말이었다.

"몸이 굳어버렸나 봐."

그녀는 투덜거렸다.

"소파에 너무 오랫동안 누워 있었어."

"그렇다고 내 얼굴을 너무 빤히 보면서 말하진 마."

데이지가 대꾸했다.

"나는 너를 뉴욕으로 데려갈 수 없나 하고 오후 내내 준비했어."

"아니, 난 사양하겠어요."

베이커 양은 마침 조리실에서 방금 가져온 넉 잔의 칵테일을 보면서 말했다.

"난 지금 무조건 체중 조절을 하는 중이니까."

톰은 믿을 수 없다는 듯이 그녀를 바라보았다.

"그래!"

그는 순식간에 칵테일을 쭉 들이켰다.

"당신이 한 일을 보면 대단해. 나로선 엄두도 못 내지."

나는 베이커 양을 보면서 그녀가 '한 일'이 무엇일까를 생각했다. 그녀를 바라보는 것은 즐거웠다. 날씬하고 가슴이 자그마한 여자였다. 창백하고 어딘가 불만스러운 듯한 매력적인 얼굴에 다소곳한 관심을 드러내면서, 회색빛의 눈을 가늘게 뜨고 나를 바라보고 있었다. 그러자 나는 전에 어디에선가 본 것 같은, 아니면 사진 같은 것을 본 적이 있다는 생각이 들었다.

"웨스트에그에서 사신다구요?"

그녀는 경멸하듯이 말했다.

"거기에는 제가 아는 사람이 있어요."

"나는 아직 한 사람도……."

"개츠비라는 사람을 모르세요?" 하고 데이지가 물었다.

"개츠비?"

내가 미처 이웃이라고 대답하기 전에 하인이 저녁식사가 준비되었다고 알려왔다. 톰 뷰캐넌은 그 억센 팔을 다짜고짜 내 팔에 찔러 넣고는 마치 체스 판에 말을 옮기듯 나를 연회장으로 데리고 갔다. 두 여자는 양손을 엉덩이에 살짝 얹은 채 우리보다 앞서 걸음을 옮겼다. 네 자루의 촛불이 부드럽게 부는 바람 속에 흔들리고 있었다.

"촛불은 왜 켜놓은 거야?"

데이지가 미간을 찌푸리며 손가락으로 촛불을

비벼 껐다.

"이제 2주일만 지나면 낮이 가장 길어지게 돼. 1년 중 낮이 가장 긴 날을 기다리다가도, 막상 그날이 오면 깜빡 지나쳐버린다니까? 다들 그렇지 않아? 난 매번 그래왔어."

그녀는 기쁨으로 가득 찬 얼굴로 우리를 보았다.

"뭔가 계획을 세워야 되는 거 아니야?"

베이커 양이 하품을 하면서 말하며 마치 침대에라도 들어가는 듯한 자세로 의자에 앉았다.

"좋아, 무슨 계획을 세우지?"

데이지가 말했다. 그녀는 난처한 듯이 내 쪽을 쳐다보았다.

"남들은 어떤 계획을 세우나요?"

내가 미처 대답하기도 전에 그녀는 새끼손가락을 쳐다보며 두려운 표정으로 투덜거렸다.

"여길 봐요! 다쳤다고요!"

손가락 마디가 검고 푸르스름했다.

"톰, 당신이 그런 거예요."

27

그녀는 따지듯이 말했다.

"일부러 그런 게 아니라는 건 알고 있어요. 하지만 당신의 짓인 것만은 틀림없지요. 짐승 같은 남자와 결혼한 것 때문이지만, 무지하게 크고 몰골 사나운 몸집을 하고서는⋯⋯."

"몰골 사납단 얘긴 하지 마."

톰의 표정이 변하며 데이지의 말을 가로막았다.

"몰골 사나운 걸."

데이지는 여전히 강조했다.

가끔씩 하는 데이지와 베이커 양의 대화는 진지한 건지 농담을 하는 건지 갈피를 잡을 수 없었다. 그녀들의 이야기는 허공에 날리는 먼지같이 아무런 의미가 없었다. 그들은 그저 저녁식사 자리에 앉아 있었고, 단지 대접하고 대접받는 상류사회의 예의바른 접대행위를 하는 것에 불과했다. 이제 곧 저녁식사가 끝날 것이고, 조금 있으면 저녁 시간 역시 지나갈 것이며, 그리하여 모든 하루의 일정이 그럭저럭 끝날 것임을 알고 있었다.

"데이지, 난 너하고 있으면 미개인이나 시골뜨기가 된 것 같다는 생각이 들어."

나는 독한 적포도주를 두 잔째 마시며 실토했다.

"농작물 재배라던가, 그런 것에 대해 얘기할 순 없니?"

나는 특별한 의미를 가지고 한 말이 아니었다. 그런데 대화의 흐름이 이상한 방향으로 흘렀다.

"서구문명은 산산조각이 나고 있어."

톰이 과격하게 지껄이기 시작했다.

"난 지독한 비관론자가 되어버렸다고. 자네는 고더드의 『유색인종 제국의 발흥』이란 책을 읽어봤나?"

"아니, 읽지 못했네."

나는 그의 목소리에 다소 놀라며 대답했다.

"아주 훌륭한 책이지. 우리가 꼭 읽어봐야 할 내용이야. 정신 차리지 않으면 미래의 백인은 유색인종에게 지배되거나 멸종되고 만다는 거야. 과학적인 충분한 자료와 증거로 뒷받침되고 있어."

데이지가 슬픈 표정을 지으면서 말했다.

"이 사람은 장황하고 너무 심오한 책들을 읽고 있어요. 그 단어가 뭐였죠? 우리들이 함께 읽었던⋯⋯."

"그 책들은 모두 과학적이라니까."

톰은 참을 수 없다는 듯이 아내를 한 번 힐끗 쳐다보면서 말을 이었다.

"작가는 하나에서 열까지 모든 것을 다 써놓았어. 조심할 것은 우리 지배적 인종에게 있는 책임인데, 그걸 제대로 하지 않으면 다른 인종이 모든 지배권을 쥐게 된다는 거야."

"우리가 그들을 타도해야 해요."

데이지가 말했다.

"여러분은 캘리포니아에서 살았어야 하는 건데 말이에요⋯⋯."

베이커 양이 말을 꺼내자 톰은 그녀의 말을 막았다.

"책에서 말하고 있는 것은 우리들이 북유럽 인

종이라는 거야. 나도, 자네도, 당신도, 그리고……."

그는 잠시 망설이는 눈빛을 보이면서 고개를 끄덕이더니 그 안에 데이지도 포함시켰다. 그러자 그녀는 또다시 나에게 윙크를 했다.

"그리고 우리가 현재의 문명을 일으키는 데 필요한 모든 것은 우리 백인들이 만들어낸 거였어. 과학, 예술 등 모든 것을 말이지."

그의 열중하는 태도에는 무엇인가 감상적이고 서글픈 것이 깃들어 있었다. 갑자기 전화벨이 울렸다. 이를 들은 집사가 베란다로 사라지자, 데이지는 내 쪽으로 몸을 기울였다.

"우리 집 비밀을 하나 알려줄까요?"

그녀는 열심히 속삭였다.

"집사의 코에 관한 얘긴데요, 들어보고 싶으세요?"

"바로 그 얘길 들으려고 내가 여길 온 것 같구나."

"있잖아요. 그는 원래 집사가 아니었어요. 옛날에 그는 뉴욕에서 은그릇 닦이를 했는데 그릇이 200명분이나 되었대요. 아침부터 저녁까지 쉬지 않고 닦아야만 했는데, 결국은 코가 고장 날 때까지 닦았다는 거예요."

"그리고 사태는 점점 더 나빠지기만 했을 테고?"

베이커 양이 끼어들었다.

"그래, 최악의 상황이 와서 결국 그 직업을 포기하고 말았지."

이야기를 듣고 있는 동안 그녀의 매력적인 목소리가 나를 잡아당겼다.

집사가 돌아와서 톰에게 무엇인가를 속삭이자, 톰은 미간을 찌푸리며 한 마디 말도 없이 안으로 들어가버렸다. 그가 자리를 뜨자 데이지는 내부의 무언가가 자극이라도 받은 듯 나에게 다시 몸을 기울여 왔다. 그녀의 목소리는 생기가 감돌면서 노래하는 듯했다.

"한 식탁에서 같이 식사를 하게 되어 정말 기뻐요. 닉, 오빠는 나에게…… 장미를, 순수한 장미를 떠올리게 만들어요. 그렇지 않아?"

그녀는 확인을 하려는 듯 베이커 양을 돌아보며

물었다.

"순수한 장미 말이야."

그것은 사실이 아니다. 난 전혀 장미꽃 같지가
않다. 단지 즉흥적으로 그녀가 한 말에 지나지 않
았으나, 숨 가쁘게 속삭이는 그 감동적인 말 속에
는 어떤 자극적인 따스함이 흘러나오고 있었다.
그런데 갑자기 냅킨을 식탁위에 내던지고 실례한
다면서 안으로 들어가버렸다.

베이커 양과 나는 아무렇지도 않다는 듯이 서로
시선을 교환했다. 내가 말을 하려고 하는데, 그녀
는 빠르게 나를 제지했다.

"쉿!"

흥분을 억제하며 작게 불평하는 소리가 저쪽 방
에서 들려왔다. 베이커 양은 몸을 기울여 엿들으
려고 했다. 말소리는 떨리면서 엉겨들다가 가라앉
았고, 다시 격앙되는 싶더니 뚝 그치고 말았다.

"당신이 말씀하신 개츠비 씨는 바로 나의 이웃
이에요."

나는 말문을 열었다.

"지금은 말하지 마세요. 무슨 일이 일어났는지 듣고 싶어요."

"정말 무슨 일이 일어나고 있나요?"

베이커 양은 화들짝 놀라면서 물었다.

"나는 누구나 다 알고 있다고 생각했는데."

"모릅니다."

"저어……."

그녀는 머뭇거리며 말했다.

"톰은 뉴욕에 여자가 있어요."

"여자가 있다고요?"

나는 얼떨떨하게 그녀의 말을 되풀이했고, 그녀는 고개를 끄덕였다.

"저녁식사 시간에는 전화를 안 하는 게 최소한의 예의인데, 안 그래요?"

내가 그녀의 말을 파악하기도 전에 옷자락 펄럭이는 소리와 가죽 장화가 삐걱거리는 소리가 들리더니, 톰과 데이지가 식탁으로 돌아왔다.

"자리를 비워 미안해요!"

데이지는 애써 밝은 표정을 지으며 말했다. 그녀는 자리에 앉자마자 힐끗 베이커 양을 살피더니 다시 내게로 시선을 옮기며 말을 계속했다.

"잠시 밖을 보았는데, 매우 로맨틱했어요. 잔디 위에 새 한 마리가 날아와 있었거든요. 그건 틀림없이 큐나드나 화이트스타 해운 회사의 배편으로 온 나이팅게일일 거예요. 새는 노래하듯 지저귀며 저 멀리 날아가버렸어요."

그녀의 목소리가 노래하듯 흘러나왔다.

"매우 로맨틱해요. 그렇죠, 톰?"

"응, 아주 로맨틱해."

톰은 대답하고 나서 괴로워하는 얼굴로 나에게 말했다.

"만일 식사가 끝난 후에도 날이 어둡지 않으면 자네를 마구간으로 안내할게."

그때 안에서 전화벨이 요란스럽게 울렸다. 데이지가 톰을 바라보며 단호하게 머리를 가로저어 보였다. 그 순간, 모든 화제는 그대로 사라져버렸다. 이 식탁에서의 마지막 5분 동안에 일어난 단편적인 일들 가운데에서 지금 내 기억에 남아 있는 것은 무의미하게 타들어가던 촛불뿐이다. 나는 그들을 보고 싶으면서도 그들을 볼 수 없었다. 데이지와 톰이 무슨 생각을 하고 앉아 있는지 짐작할 수 없었다. 어떤 의심을 억누르고 있는 것처럼 보였던 베이커 양마저도 다섯 번째 낯선 손님의 날카로운 금속성의 벨소리를 마음속에서 지워버릴 수 없는 모양이었다. 어떤 기질을 가진 사람은 이런 상황에서 호기심이 발동하여 즐거워할 테지만 나의 본능은 당장이라도 경찰에 신고하고픈 심정이었다.

마구간에 대한 이야기는 다시는 화제에 오르지 않았다. 톰과 베이커 양은 서로 몇 걸음 떨어진 채 서재로 들어갔다. 나는 되도록 즐거운 표정으로 아무것도 모르는 사람처럼 행동하며 데이지를 따라 베란다를 지나갔다. 어둠이 내린 그곳에는 버들가지로 만든 기다란 의자가 있었다. 우리는 나란히 앉았다. 그녀의 시선이 부드러운 벨벳 빛 같은 저녁 어스름으로 천천히 옮겨졌다. 나는 그녀가 격한 감정에 휩싸여 있음을 느꼈고, 그래서 마음을 진정시켜주어야겠다는 생각에 어린 딸아이에 대해 물어봤다.

"우린 서로에 대해서 너무도 모르고 있었어요, 닉."

느닷없는 말이었다.

"육촌 사이라고는 하지만 오빠는 제 결혼식에도 오시지 않았잖아요."

"그땐 아직 전쟁터에서 돌아오지 않았으니까."

"그랬었군요."

그녀가 무언가 주저하는 듯했다.

"전 그동안 무척 힘들게 살아왔어요, 닉. 그래서인지 아주 냉소적인 여자가 되었어요."

그녀가 그런 말을 꺼내게 된 데에는 나름대로 분명한 이유가 있을 것 같았다. 나는 이야기가 이어지기를 기다렸으나 그녀는 더 이상 말하려고 하지 않았다. 한참 후 나는 그녀의 딸아이에 대한 이야기를 다시 꺼냈다.

"이젠 말도 할 줄 알고, 걸을 줄도 알고 뭐든지 다 하겠군."

"아, 그래요."

대답을 하고 나서 그녀는 내 얼굴을 가만히 바라보았다.

"그 애를 낳을 때 이야기를 해드릴게요. 들어보겠어요?"

"듣고 싶어."

"그 얘기를 들으면 이 세상의 모든 것에 대해 느끼게 된 이유를 아실 거예요. 아기를 낳은 지 한 시간도 안 됐는데 톰의 행방이 묘연한 거예요. 나는 완전히 자포자기 했어요. 간호사에게 남자아이인지 여자아이인지 물어봤지요. 딸이라는 말에 그만 설움이 올라와 그대로 울고 말았어요. 하지만 이내 곧 '괜찮아' 하고 스스로를 위로했지요. '여자애여서 좋아. 그리고 이 애가 바보였으면 좋겠어. 아무것도 모르는 그저 귀여운 바보 말이야. 그렇게 되는 게 여자애가 이 세상에서 될 수 있는 제일 좋은 것이야.' 오빠는 내가 모든 걸 끔찍하게 생각하고 있다는 걸 알 수 있을 거예요."

그녀의 말은 확신에 가득 차 있었다.

"모두들 그렇게 생각해요. 그리고 나는 알고 있어요. 난 가보지 않은 데가 없고, 보지 않은 게 없고, 모든 일을 다 해보았어요."

그녀는 눈을 번뜩이며 주위로 시선을 보냈고 자신을 소름끼치게 비웃기 시작했다.

"닳고 닳았지요. 그래요, 전 타락했어요."

그녀의 목소리가 뚝 끊어지는 순간, 나는 집중하는 것을 멈추고 그녀가 한 말에서 위선을 느꼈다. 곧이어 그녀는 내가 예상했던 대로 사랑스러운 얼굴을 하며 완전히 방긋거리면서 나를 바라보았다. 그녀는 마치 그녀와 톰이 속해 있는 비밀 사교단체의 회원임을 내세우는 것 같았다.

방 안은 진홍빛 장미꽃이 핀 것처럼 불빛으로 가

득했다. 긴 소파의 양쪽 끝에 톰과 베이커 양이 앉아 있었으며 베이커 양은 톰에게 《세터데이 이브닝 포스트》지를 소리 내어 읽어주고 있었다. 우리가 들어서자 베이커 양은 한 쪽 손을 들어 잠깐 말하지 말고 기다려 달라고 했다.

"다음 호에 계속."

그녀는 잡지를 테이블 위에 가볍게 던지며 말했다. 그러고는 침착하지 못하게 무릎을 움직임으로써 자신의 몸이 거기에 있음을 보이며 일어났다.

"10시군요. 이 착한 아가씨가 잠자리에 들 시간이에요."

그녀는 시간을 확인하면서 말했다.

"조던은 내일 웨이트 체스터로 골프대회에 나가요." 하고 데이지가 일러주었다.

"아, 당신이 조던 베이커였군요."

나는 그제야 그녀의 얼굴이 어디선가 본 듯했던 이유를 알 수 있었다. 사람을 즐겁게 하면서도 깔보는 듯한 얼굴 표정을 애슈빌, 핫스프링스, 팜

비치에서의 골프대회를 찍은 수많은 그라비어판 사진에서 본 적이 있었던 것이다. 그리고 그녀에 대한 비판적인 소문도 들은 적이 있었는데, 그것은 너무 오래되어 잊어버렸다.

"다들 안녕히 주무세요."

그녀는 부드럽게 말했다.

"8시에 깨워주겠어요?"

"일어나기만 한다면."

"일어날 거예요. 좋은 밤 보내요. 캐러웨이 씨, 곧 다시 만나요."

"물론 만나야지."

데이지가 확인하듯 말했다.

"사실은 내가 두 사람을 이어주려고 해요. 닉, 자주 와주세요. 두 사람을, 뭐라고 할까…… 함께 시간을 보내게 해드리죠. 그러니까 우연한 실수인 척하고 두 사람을 옷장에 넣고 잠가서 보트에 실어 바다로 띄워 보내면, 그리고 그런 모든 일을……."

"잘 자요!"

베이커 양이 계단에서 소리쳤다.

"난 한마디도 듣지 않았어요."

"멋있는 여자야."

톰이 잠시 후 말했다.

"저렇게 시골로만 돌아다니게 해선 안 되는데."

"누가요, 누가 그렇게 해서는 안 된다는 거예요?"

데이지가 냉정하게 물었다.

"그녀의 가족 말이야."

"그녀의 가족은 한 천 살쯤 된 늙은 아주머니 한 분뿐이에요. 그리고 닉이 이제부터 도와줄 거예요. 그렇죠, 닉? 저 애는 올 여름의 주말을 여기서 보내게 될 거예요."

데이지와 톰이 시선을 나에게로 돌렸다.

"그 아가씨, 뉴욕에서 왔어?"

나는 재빨리 물었다.

"루이빌에서요. 우리는 순수했던 소녀 시절을 그곳에서 함께 보냈어요. 우리들의 우아하고도 순수했던……"

"당신, 아까 베란다에서 닉과 무슨 대화를 했지?"

갑자기 톰이 물었다.

"내가요?"

그녀는 나를 쳐다보았다.

"기억이 잘 나진 않지만, 북유럽 인종에 대한 얘기를 나눴던 것 같은데, 맞아요. 그런데 당신에게 먼저 말해줘야 할 건······."

"자네가 들은 말을 모두 믿지는 말게."

그는 나에게 충고를 했다.

난 아무것도 들은 게 없다고 가볍게 대답하고, 잠시 후 집으로 돌아가려고 일어섰다. 두 사람은 현관 밖까지 따라 나왔다. 내가 자동차에 올라 떠나려고 하자 데이지가 다가와 소리쳤다.

"잠깐만요! 정작 물어볼 말을 잊고 있었어요. 중요한 일이에요. 오빠가 서부에서 약혼했다는 얘길 들은 적이 있어요."

"맞아, 그랬지."

톰도 덧붙였다.

"자네가 약혼했다는 얘기를 들었어."

"뜬소문이야. 나는 너무 가난한걸."

"그렇지만 우리는 분명 들었는걸요." 하고 데이지가 말하면서, 다소 흥분 어린 말투와 태도는 나를 놀라게 했다.

"우리는 세 사람한테서나 그 얘길 들었어요. 그러니까 사실일 테죠."

그들이 무엇을 두고 말하는 건지 물론 난 잘 알고 있었다. 그러나 약혼 따위는 결코 한 적이 없었다. 그리고 교회에서 결혼 예고를 했다는 소문은 내가 동부로 온 이유 중 하나이기도 했다. 소문 때문에 옛 친구와의 교제를 끊을 수도 없는 노릇이었지만, 또 소문이 났다고 해서 생각에도 없는 결혼을 할 순 없었다.

이런 그들의 관심은 잠깐이나마 날 기쁘게 해주었다. 부자인 그들과 동떨어진 처지라고 생각했던 첫인상에서 현재는 그런 감정이 다소 누그러졌다.

데이지가 떠올랐다. 그녀는 아이를 데리고 그

집을 뛰쳐나와야 할 것 같다는 생각이 들었다. 나에게 있어서 톰이 뉴욕에 여자가 있다는 사실은 별로 놀라운 일이 아니었다. 나는 여러 잡념을 머릿속에서 지우기 위해 창문을 열고 속도를 냈다. 불어오는 바람이 주는 시원한 느낌 때문에 한결 기분이 나아졌다.

웨스트에그에 있는 나의 집에 도착하자마자 곧장 차를 차고에 집어넣고는 마당의 잔디 깎기 위에 앉았다. 그렇게 한동안 조용하고 차분한 분위기 속에서 하루를 정리하고 있었다. 은은하게 빛나는 달빛을 가로질러가는 고양이 그림자가 옆에서 어른거렸고, 그 모습을 보려고 고개를 돌렸을 때 난 그곳에 혼자가 아니었다는 것을 알게 되었다. 이웃 저택의 정원에서 한 사나이가 호주머니 속에 두 손을 집어넣고는 밤하늘을 바라보고 있던 것이다. 나는 한 번에 그가 바로 말로만 듣던 개츠비임을 알 수 있었다. 여유 있는 몸놀림과 우뚝 바로 선 안정된 자세에서 무언가 다른 사람들과는

45

차별되는 느낌이 왔기 때문이다. 그는 이 지역의 하늘 중에서 어디까지가 자기의 것인지 확인하려고 나와 있는 것 같았다.

나는 그에게 말을 걸어봐야겠다고 마음먹었다. 베이커 양이 만찬 때 그에 대해 얘기해준 것을 구실로 삼으면 되겠다고 생각했다. 그러나 나는 말을 건넬 수 없었다. 갑자기 그가 혼자 있고 싶어 하는 인상을 받았기 때문이다.

그는 어두컴컴한 바다를 향해 양팔을 뻗었다. 나는 그로부터 멀리 떨어져 있긴 했지만, 그의 몸이 떨리고 있다는 것을 확신할 수 있었다.

나는 바다를 바라보았다. 저 멀리 부두의 끝이라고 짐작되는 곳에 녹색 불빛 하나가 깜빡이는 것이 보일 뿐이었다. 그밖에는 아무것도 보이지 않았다. 나는 다시 개츠비 쪽으로 고개를 돌렸다. 그러나 이미 그의 모습은 사라지고 없었다. 그래서 나는 다시 별빛만이 반짝이는 어둠속에 혼자 남게 되었다.

제2장

자동차도로는 웨스트에그와 뉴욕의 중간 지점
에서 갑자기 철로 쪽으로 급하게 가까워지며 400
미터쯤 철로를 끼고 나아가다가 어떤 뜻밖의 지점
에 이르러서는 좁아지며 끝이 난다. 이 지점을 바
로 재(災)의 계곡이라고 불렀다.

　그곳에는 재가 밀가루처럼 쌓여서 수많은 능선
이나 언덕에 기괴하고 이상한 정원이 조성되어 있
었다. 또 그곳의 재는 굴뚝에서 피어오르는 연기
모양을 하는 경우도 있었고, 때로는 잿빛을 띤 인
간의 형상을 만들어 연기 속에서 허물어지는 그림
자처럼 꿈틀거리는 모습을 보여주는 경우도 있었

다. 어떤 때에는 차도를 따라 회색의 화물차들이 일렬로 몰려와서 소름끼치고 날카로운 소리를 내며 정차하고는 차에서 회색빛의 남자들이 삽을 들고 내려와 한 치 앞이 보이지 않을 정도로 먼지 구름을 일으키면서 겨우 희미하게 보이던 그들의 모습을 아예 가려버리기도 했다.

그러나 이런 먼지 구름도 잠시 지나면 가라앉게 되는데 이때 이 잿빛 땅 위에서 번뜩이는 T. J. 에클러스 박사의 눈을 마주하게 된다. 박사의 눈은 푸른빛을 띠며 굉장히 크다. 눈동자가 거의 직경 90센티미터나 된다. 그런데 눈은 있어도 코나귀, 입 등 얼굴의 형체는 없다. 대신 코가 있는 곳에는 거대한 노란 뿔테 안경이 자리 잡고 있어 안경알 속에서 눈이 지상을 내려다보고 있다. 분명 처음에는 제정신이 아닌 익살맞은 안과 의사가 퀸즈 지역의 환자를 늘려보려고 세운 것일 것이다. 하지만 세월이 지나도 그대로인 걸 보면 의사 본인이 저 멀리 다른 세상으로 가기 위해 묻혀버렸거나 아니면 전광판에 대한 것을 잊어버리고 다른 지역으로 이사를 해버린 것 같다. 그래도 눈동자 만은 오랜 세월동안 페인트칠도 하지 않고 햇살과 비에 시달려 색이 변하기는 했지만, 지상의 쓰레 기장을 여전히 위엄 있게 지켜보고 있다.

잿빛 들판의 한 구석에는 좁고 더러운 시냇물이 흐르고 있다. 거룻배가 지나가며 다리가 들어올려 질 때는 기차에 타고 있는 승객들이 이 음침한 풍 경을 30분간이나 보면서 기다려야 한다. 그렇지 않아도 기차는 이곳에서 적어도 1분간은 정차하게 되어 있었다. 내가 처음으로 톰 뷰캐넌의 정부를 만나게 된 것도 이 때문이었다.

톰에게 정부가 한 명 있다는 것은 그의 이름이 알려진 곳이라면 누구나 다 알고 있었다. 나는 그 여자가 어떻게 생겼는지, 어떤 사람인지 궁금하긴 했지만 일부러 만나고 싶은 생각은 없었다. 그러 나 결국에는 만나게 되었다.

어느 날 오후 톰과 함께 기차를 타고 뉴욕으로

가게 되었다. 이윽고 기차가 재의 계곡에서 멈춰
섰다. 톰은 나를 이끌며 기차에서 내렸다.

"자네에게 내 여자를 만나게 해주고 싶어서 내
리는 거야."

그는 오만하게도 일요일 오후이기 때문에 나에
게는 **별다른 약속**이 없을 것이라고 생각했다. 나
는 그의 뒤를 따라 하얗게 칠해진 나지막한 철도
의 담을 넘어갔다. 눈앞에 보이는 건물이라고는
황량한 지대의 끝자락에 있는 조그마한 노란 벽돌
집 한 채뿐이었다. 그것은 이 황무지에서 일종의
압축된 중심가라고 할 수 있는 것이었다.

그 건물 안에 있는 세 개의 가게 중 가운데는 세
를 놓고 있었고, 다른 하나는 밤샘 영업을 하는 레
스토랑이었으며, 나머지 하나는 자동차 수리소로
'수리함. 조지 B 윌슨. 자동차 매매'라는 간판이 붙
어 있었다. 나는 톰의 뒤를 따라 그 안으로 들어갔
다. 내부는 장사가 안되는지 초라하고 볼품없었다.
자동차라고는 한 귀퉁이에 먼지를 뒤집어쓴 고물

포드 한 대가 있을 뿐이었다. 나는 이 무덤 같은 정비소는 남의 눈을 속이기 위한 겉치레에 지나지 않고 계단 위에는 분명 화려하게 장식된 로맨틱한 방이 있을 것이라고 예상했다. 그런데 그때, 가게 주인이 헝겊 조각으로 손을 닦으면서 사무실 입구로 모습을 드러냈다. 갈색머리에 생기 없는 안색은 빈혈 때문인 것 같아 보였지만 자세히 보니 약간 미남이었다.

"안녕하세요, 윌슨 씨!"

톰이 유쾌하게 그의 어깨를 두드리며 말했다.

"그래, 장사는 잘됩니까?"

"그저 그래요."

윌슨은 자신 없게 대답했다. 이어서 톰을 향해 물었다.

"언제쯤 그 차를 파시겠습니까?"

"다음 주쯤? 지금 일꾼에게 손을 보게 하고 있으니까요."

"그 친구 일 솜씨가 느린 모양이군요."

53

"아니, 그렇지는 않아요."

톰은 냉담하게 말했다.

"당신이 그렇게 생각하고 있다면, 다른 곳에 팔겠소."

"그런 뜻이 아니고."

윌슨이 허겁지겁 대답했다.

"난, 다만……."

그의 말소리는 흐렸고, 톰은 참을성 없이 수리소 안 여기저기를 둘러보았다. 이때 계단 위에서 발소리가 들리더니 제법 몸집이 큰 여자가 사무실 안으로 들어오는 빛을 가로막았다. 그 여자는 30대 중반으로 약간 뚱뚱한 편이었지만, 지나치게 자극적인 몸가짐을 하고 있었다. 얼굴이 예쁜 건 아니었지만 피어오를 듯한 생기가 온몸에 넘쳐흐르고 있었다. 그녀는 미소를 지으며 마치 남편이 유령이라도 되는 듯 남편을 지나쳐 와서는 톰과 악수를 나누었고, 불타는 눈빛으로 그와 눈을 마주했다. 그러고 나서 입술을 혀로 축이더니 남편은 돌아보지도 않고 부드럽지만 한편으로는 날카로운 목소리로 남편에게 말했다.

"의자가 없잖아요. 가져오세요."

"아, 그렇군."

윌슨이 급히 대답하며 의자를 가지러 갔다.

그러자 그녀는 톰에게 바짝 다가왔다.

"만나고 싶은데."

톰이 분명하게 말했다.

"다음 기차를 타지."

"좋아요."

"길 아래쪽 신문 판매대에서 만나."

그녀는 고개를 끄덕였고, 윌슨이 의자를 두 개 가지고 나타나자 톰에게서 떨어졌다.

우리는 길 아래쪽에서 사람들의 눈에 띄지 않게 그녀를 기다렸다. 허름한 차림의 비쩍 마른 이탈리아계 아이들이 철로를 따라 뇌관을 늘어놓고 있었다.

"끔찍한 곳이야. 그렇지?"

톰이 눈살을 찌푸리며 말했다.

"끔찍해. 그녀는 여기를 떠나는 게 좋을 거야."

"남편이 반대하지 않을까?"

"월슨? 그자는 아내가 뉴욕에 있는 여동생을 만나러 가는 줄로만 알 테지. 자기가 살아 있다는 것조차 모르고 사는 멍청이니까."

이리하여 톰 뷰캐넌과 그의 정부와 나는 함께 뉴욕으로 갔다. 아니 정확히 말하자면 함께라고 할 수는 없는데, 월슨의 아내는 사람들의 눈을 의식해서 다른 칸에 탔기 때문이다.

우리는 뉴욕의 플랫폼에 내렸다. 붐비는 사람들로부터 빠져나와 택시를 타고 얼마만큼 갔을 때, 그녀가 운전석과 뒷좌석 사이에 놓인 칸막이의 유리를 두드렸다.

"나, 저 강아지 중에 한 마리를 갖고 싶어요."

그녀는 진지하게 말했다.

"아파트에서 기르고 싶어요. 멋진 일이잖아요. 저 강아지를 갖고 싶어요."

우리는 록펠러와 닮은 백발이 성성한 노인에게로 택시를 후진시켜 가까이 다가갔다. 노인의 목에 달린 바구니 안에는 혈통이 확실치 않은 강아지 열두 마리가 꼬물거리고 있었다.

"무슨 품종이에요?"

차창으로 다가온 노인에게 윌슨 부인이 진지하게 물었다.

"뭐든지 다 있습니다. 어떤 종류를 원하십니까, 부인?"

"경찰견 한 마리 갖고 싶은데 그런 건 없죠?"

노인은 고개를 갸우뚱하면서 한 마리를 들어올렸다.

"그건 경찰견이 아닌데."

톰이 말했다.

"뭐 그렇죠. 경찰견은 아니죠."

노인은 실망한 목소리로 말했다.

"괜찮은데……. 귀엽게 생겼네요. 그 강아지로 살게요."

윌슨 부인이 흥분한 목소리로 말했다.

"자, 돈 받아요. 그 돈으로 열 마리 쯤은 더 살
수 있소."

톰이 돈을 내어 밀면서 말했다.

우리는 5번가를 향해 달렸다. 여름날 일요일 오
후의 뉴욕 공기는 따뜻하면서도 부드러웠다.

내가 중간에서 내리려고 하자 톰이 말했다.

"자네가 아파트까지 함께 가지 않으면 머틀이
섭섭해 할 거야. 그렇지, 머틀?"

"같이 가요."

그녀도 단호하게 말했다.

"제 동생 캐서린에게 전화할게요. 그 애는 사람
들에게 아주 미인이라는 말을 들어왔어요."

"글쎄, 가고 싶기는 하지만, 다만……."

우리는 계속 도로를 달렸고, 센트럴 파크를 지
나 웨스트 100번가로 향했다. 얼마 후 택시는 158
번가에 이르러 하얀색 케이크처럼 늘어서 있는 아
파트 지역에서 멈췄다. 윌슨 부인은 도도한 태도

로 주위를 죽 훑어보면서 강아지를 안고 거만하게
아파트 안으로 들어갔다.

"매키네 부부를 부르겠어요."

엘리베이터를 타고 올라가는 동안 그녀가 말했다.
"물론 내 동생에게도 전화를 하겠어요."

그녀의 아파트는 맨 위층에 있었다. 내부에는
작은 거실에 작은 식당, 작은 침실 그리고 욕실이
있었다. 거실에는 양탄자가 깔려 있었으며 벽에는
지나치게 거대한 사진이 하나 걸려 있었는데 그것
은 바위 위에 앉아 있는 암탉의 모습이었다. 그러
나 좀 떨어져서 보다 보면 암탉은 부인용 모자로
바뀌고, 건장한 노부인의 웃는 얼굴이 방 안을 내
려다보는 모습으로 변했다. 테이블에는 브로드웨
이의 스캔들을 실은 잡지 몇 권이 놓여 있었다.

윌슨 부인은 강아지한테 모든 관심을 쏟았다.
그녀가 우유를 가지러 간 사이, 톰은 위스키 한 병
을 가져왔다.

나는 평생 술에 취한 적이 두 번 있는데, 그 두

번째가 바로 그날 오후였다. 그날의 일들은 모두 몽롱하고 희미했다. 윌슨 부인은 톰의 무릎에 앉아 몇 사람에게 전화를 걸었다. 때마침 담배가 떨어져서 나는 길모퉁이의 약국으로 담배를 사러 갔다. 내가 돌아왔을 때 두 사람의 모습은 보이지 않았다.

톰과 머틀—한잔하고 난 다음부터 윌슨 부인과 나는 서로 이름을 부르기로 했다—이 다시 나타나자, 친구들이 도착하기 시작했다.

여동생 캐서린은 세속적인 분위기의 여자였는데, 숱이 많아 풍성한 붉은 머리카락의 단발이었으며, 얼굴에는 분을 하얗게 바르고 있었다. 그녀가 몸을 움직일 때마다 두 팔에 두른 도기 팔찌들이 흔들리면서 달그락거렸다. 그녀가 자기 물건을 대하는 듯 스스럼없이 하는 행동에서 오는 익숙함은 어쩌면 그녀가 이곳에 살고 있는 게 아닌가 하는 생각이 들 정도였다. 그래서 내가 여기서 사느냐고 묻자 그녀는 호들갑스럽게 웃으며 자기는 여자 친구와 함께 호텔에서 산다고 대답했다.

매키라는 사람은 아래층에 사는 창백한 안색을 지닌 여자 같은 남자였다. 방금 면도를 했는지 광대뼈 위에 하얀 비누거품이 묻어 있었다. 방 안의 사람들에게 아주 정중하게 인사를 했는데 자기는 '예술놀이'를 하고 있다고 말했다. 그의 직업은 사진사였다. 그리고 그의 아내는 잘생긴 외모에 날카로운 목소리를 가진 약간은 사나운 인상의 여자였다. 그녀는 자기 남편이 결혼한 후에 127장의 사진을 찍어주었다고 자랑스럽게 말했다.

옷을 갈아입고 나온 윌슨 부인은 야회복 차림이었다. 그녀가 방 안을 빠른 걸음으로 걸을 때마다 사르륵사르륵 옷 스치는 소리가 났다. 옷이 날개란 말이 있듯이 그 드레스 덕분인지 그녀의 인상이 다르게 보였다. 자동차 수리소에서 눈에 띄었던 강렬한 생기가 이제는 도시적인 거만함으로 변해 있었다.

"얘."

그녀는 동생을 위엄을 갖춘 큰 소리로 불렀다.

"사람들은 언제나 너를 속이려고 할 거야. 그들이 생각하는 건 돈뿐이거든. 지난주에 내 발을 봐달라고 어떤 여자를 불렀는데, 글쎄 청구서를 보니까 맹장수술이라도 한 것처럼 비싸게 부르는 거야."

"그 여자, 이름이 뭐죠?"

매키 부인이 물었다.

"에버하르트 부인이라던가. 발병환자들을 방문해서 돌봐준대요."

"그 드레스가 아주 좋아요. 참 매력적이에요."

윌슨 부인은 경멸하듯 눈썹을 위로 치켜 올리며 그런 칭찬을 거부했다.

"이건 아주 오래된 거예요. 아무렇게나 입어도 좋을 때 가끔 걸치는 거지요."

"하지만 당신이 입으니까 아주 훌륭해요."

매키 부인이 끈질기게 주장했다.

"체스터가 당신의 그 포즈를 포착한다면, 그럴 듯한 작품이 나올 거예요."

우리는 윌슨 부인을 바라보았다. 그녀는 이마에 흘러내린 머리카락을 걷어 올리면서 환한 미소를 지으며 우리를 돌아보았다. 매키 씨는 고개를 갸웃거리며 그녀를 바라보더니, 한 손을 자기 얼굴 앞에서 천천히 앞뒤로 움직였다.

"조명을 바꿔야겠어요. 얼굴 윤곽을 살리고 싶어요. 뒷머리 전부를 살리면서."

매키 씨가 말했다.

"조명을 바꿀 필요는 없잖아요."

매키 부인이 크게 소리쳤다.

"내 생각에는 오히려……."

그녀의 남편이 "쉿!" 하고 제지했고, 우리는 다시 이야기의 주인공을 쳐다보았다. 그때 톰 뷰캐 넌이 모두가 들릴 정도로 하품을 하며 일어섰다.

"매키 씨 부부께선 뭘 좀 마시지요."

톰이 말했다.

"머틀, 얼음과 탄산수를 더 가져와요. 모두들 자러 가기 전에 말이오."

63

"그 보이에게 얼음을 가져오라고 했어요."

머틀은 하류사회의 하찮것없음에 실망하면서 눈썹을 치켜 올렸다.

"이런 사람들! 정말이지 노상 돌봐줘야 한다니까!"

그녀는 나를 보고 의미 없이 웃어 보였다. 그러고는 강아지에게 입을 맞추고는 마치 열두 명의 요리사들이 자기의 지시를 기다리기라도 하는 것처럼 허둥대며 부엌으로 갔다.

"나는 롱아일랜드에서 멋진 사진을 찍었지요."

매키 씨가 자신감 있게 말했다.

톰은 무표정하게 그를 바라보았다.

"그중 두 작품은 액자에 넣어서 아래층에 걸었어요."

"둘이라니?"

톰이 물었다.

"습작이지요. 하나에는 '몬토크 포인트-갈매기'란 제목을 붙였고, 다른 하나에는 '몬토크 포인트-바다'란 제목을 붙였어요."

64

캐서린은 내 옆 긴 의자에 앉아 있었다.

"당신도 롱아일랜드에 살고 계세요?"

그녀가 물었다.

"웨스트에그에 살고 있습니다."

"정말요? 한 달 전쯤 파티가 있어서 갔었어요. 개츠비란 분의 집이에요. 그분 아세요?"

"그 사람 옆집에 살고 있습니다."

"그런데 그분은 빌헬름 황제의 조카 아니면 사촌일 거라는 말이 있더군요. 돈은 모두 거기에서 나온대요."

"그래요?"

그녀는 고개를 끄덕였다.

"나는 그 사람이 무서워요. 그런 사람이 저에게 어떤 관심을 갖는 것은 질색이에요."

나의 이웃에 관한 흥미진진한 이야기는 매키 부인이 갑자기 캐서린에게 말을 거는 바람에 중단되고 말았다.

"체스터, 이분의 사진도 찍었으면 좋겠는데요."

매키 씨는 썩 마음이 안 내키는 듯 고개만 끄덕일 뿐, 톰에게로 관심을 돌렸다.

"등록증만 있으면 롱아일랜드에서 일을 계속 하고 싶어요. 제가 떠날 수 있게만 해주시면 됩니다."

"머틀에게 부탁하지그래."

톰은 때마침 쟁반을 들고 들어온 윌슨 부인을 보고 소리 높여 웃으면서 말했다.

"이 여자가 당신에게 소개장을 써줄 거요. 그렇지, 머틀?"

"뭐라고요?"

그녀가 놀라서 물었다.

"당신이 남편에게 매키를 소개하는 소개장을 써주면 이 사람이 당신 남편을 모델로 해서 습작품을 만들 수 있을 거란 말이오."

그는 말을 꾸며내느라 잠시 동안 가볍게 입술만 우물거렸다.

"뭐 있잖아. '가솔린 펌프에서의 조지 B. 윌슨'이라든지 뭐 그런 비슷한 걸로 말이야."

캐서린이 나에게 다가오더니 나지막이 얘기했다.

"저 두 사람은 서로 배우자를 견뎌내기 힘든 모양이에요."

"그런가요?"

그녀는 머틀을 보고 나서 톰을 보았다.

"내 말은 참을 수 없는 상대하고 왜 계속해서 사느냐는 거예요. 나 같으면 이혼해버리고 말텐데."

"머틀 씨도 역시 윌슨 씨를 좋아하지 않는 모양이군요."

이 질문에 대한 답은 뜻밖에도 머틀에게 듣게 되었다. 그녀는 우리의 대화를 엿듣고 있었고, 그에 대한 대답은 난폭하고 음란했다.

"그것 보세요."

캐서린이 의기양양하게 소리쳤다. 그녀는 다시 목소리를 낮추었다.

"두 사람을 갈라놓고 있는 장본인은 톰의 부인이에요. 그녀는 가톨릭 신자이고 가톨릭에서는 이혼을 인정하지 않거든요."

데이지는 가톨릭 신자가 아니었다. 나는 교묘하게 꾸며낸 그 거짓말에 약간의 충격을 받았다. 캐서린이 말을 이었다.

"두 사람이 재혼을 하게 된다면 아마 한동안 서부에 가서 살 거예요."

"유럽으로 가는 편이 나을 텐데요."

"아, 유럽을 좋아하세요?"

그녀는 목소리를 높였다.

"나는 몬테카를로에서 돌아온 지 얼마 안 되거든요."

"그렇군요."

"작년이죠. 다른 여자 친구랑 갔었어요."

"오래 계셨나요?"

"아뇨, 몬테카를로에 조금 머물다가 곧 떠났어요. 오는 길에 마르세이유에 들렀죠. 1200달러도 더 가지고 갔었는데 도박판에서 이틀 만에 다 털리고 말았어요. 돌아올 때 얼마나 비참했는지 몰라요. 지겨웠지요."

매키 부인의 날카로운 소리가 들렸다.

"나도 하마터면 실수를 저지를 뻔했어요."

그녀는 흥분된 목소리로 말을 이었다.

"어린 애송이가 몇 년 동안 제 뒤를 졸졸 쫓아다니는 바람에 결혼을 할 뻔했죠. 나보다 못한 남자였어요. 사람들도 그랬고. 내가 체스터를 만나지 못했더라면 그는 나를 차지하고 말았을 거예요."

"그래요. 하지만요."

고개를 끄덕이며 머틀이 말했다.

"어쨌거나 당신은 그 사람과 결혼하지 않았잖아요."

"그렇죠. 하지 않았죠."

"그런데 난 결혼을 했거든요."

머틀이 애매하게 말했다.

"그게 당신의 경우와 내 경우의 다른 점이죠."

"왜 결혼했어요, 머틀? 아무도 강요하지 않았는데."

캐서린이 물었다.

머틀이 잠시 생각을 하고 나서는 대답했다.

"왜냐하면 그 사람이 신사라고 생각했기 때문이죠."

그녀가 마침내 말했다.

"나는 그가 교양이나 매너 같은 걸 좀 안다고 생각했어요. 하지만 그는 그게 아니었지요."

"그래도 한동안은 그 사람한테 미쳤었잖아."

캐서린이 말했다.

"미쳐?"

어처구니없다는 듯 머틀이 소리쳤다.

"누가 그래? 난 저기 저분보다도 반하지 않았다고."

그녀는 갑자기 날 가리켰고 그래서 모두들 비난하는 눈초리를 나에게 보냈다. 나는 그녀의 애정 따위는 바라지 않는다는 것을 나타내려고 애써야만 했다.

"내가 그에게 미쳤었다면 그 사람과 결혼했을 때뿐이었어. 하지만 난 곧 실수였던 것을 깨달았지. 그 사람은 결혼식 때 어떤 사람에게 최고급 양복을 빌려 입었으면서도 나에게는 한마디도 안 했어. 그런데 어느 날 그 옷의 주인이 찾으러 온 거야. 난 그 양복을 내주고 나서 한없이 울었어."

"언니는 그 사람과 헤어지는 편이 나아."

캐서린은 다시 나에게 말했다.

"언니는 11년 동안 수리소에서 살았어요. 그리고 톰은 언니가 처음 만난 애인이고요."

방 안의 사람들은 모두 위스키를 마셨는데 캐서린만 한 잔도 마시지 않았다. 그렇지만 마치 취한 것처럼 "기분이 좋다."라고 말했다. 톰은 초인종을 눌러 보이를 부르더니 유명한 샌드위치를 가져오게 했다. 그것은 그들에게 매우 만족할 만한 식사였다. 나는 나가서 걷고 싶었으나 나가려고 할 때마다 시작되는 세속적이고 흥미로운 이야기가 나를 다시 주저앉히고 말았다.

머틀이 의자를 가까이 끌어당겨 내 곁에 앉았다. 그러더니 뜨거운 입김을 내뿜으며 톰을 처음 만났을 때의 이야기를 쏟아놓았다.

71

"기차에는 언제나 마지막 자리가 남아 있길 마련이지요. 그날의 만남도 서로 마주보고 있는 좌석에서 시작되었어요. 나는 뉴욕으로 동생을 보러 가는 길이었고, 그 날은 거기서 보낼 작정이었죠. 그는 야회복에 에나멜 구두를 신고 있었어요. 난 눈길을 뗄 수가 없었지요. 그래서 그가 이쪽을 쳐다볼 때마다 그의 머리 위에 있는 광고를 보는 척했어요. 역에 내렸을 때 어느새 그는 내 옆에 있었어요. 그러고는 하얀 와이셔츠를 입은 그의 앞가슴이 내 팔을 누르는 거예요. 난 경찰을 부르겠다고 했지만 그는 이미 내가 마음에도 없는 거짓말을 하고 있다는 것을 잘 알고 있었어요. 나는 너무 흥분해서 택시를 탔는지도 몰랐어요. 머릿속을 가득 채운 생각은 '너는 영원히 살 수 없다. 너는 영원히 살 수 없다.'는 것뿐이었죠."

그녀는 매키 부인을 돌아보았고, 방 안은 온통 그녀의 부자연스러운 웃음소리로 가득했다.

"이봐요."

머틀이 소리쳤다.

"내가 이 옷을 다 입게 되면 즉시 당신에게 줄게요. 내일 다른 또 한 벌을 갖게 될 테니까. 이제 나는 내가 가져갈 것들의 목록을 작성하려고 해요."

시간은 물 흐르듯 흘러 벌써 10시였다.

강아지는 테이블 위에 앉아서 연기가 자욱한 방안을 보며 이따금씩 격격거렸다. 방안의 사람들은 사라졌다가는 다시 나타나고, 어디론가 갈 계획을 세우고는 서로 행방을 모르게 되어 같이 찾아다니다가 몇 발짝 안 가서 서로 찾아냈다. 그렇게 몽롱한 상태가 저녁 내내 지속되었다.

자정이 가까워질 무렵, 톰 뷰캐넌과 윌슨 부인은 서로를 향해 강렬한 논쟁을 벌이고 있었다. 발단이 된 것은 윌슨 부인이 데이지의 이름을 들먹일 권리가 있느냐 없느냐 하는 문제였다.

"데이지, 데이지, 데이지!"

윌슨 부인이 소리를 질렀다.

"내가 부르고 싶을 땐 언제라도 부를 수 있다고!

73

데이지, 데이……."

그 순간, 톰 뷰캐넌이 그녀의 코를 주먹으로 후려갈겼다. 욕실 바닥에는 피투성이 수건이 쌓였고, 여자들의 아우성과 그보다 한층 높은 소리로 아프다고 외치며 우는 소리가 들렸다. 매키는 잠에서 깨어나 얼떨떨한 상태로 현관을 향해 걸어가다가 그 광경을 목격했다.

여자들은 상처를 치료하면서 가해자를 비난하며 피해자를 위로하고 있었다. 절망에 빠진 머틀은 피를 줄줄 흘리며 넋이 나간 표정이었다. 매키 씨는 몸을 돌려 문 밖으로 곧장 걸어 나갔다. 나도 그의 뒤를 따라 나갔다.

"언제 점심이나 같이 하시죠?"

엘리베이터에서 심란한 마음으로 입을 다물고 있을 때, 그가 말했다.

"어디서요?"

"아무 데서나요."

"레버에 손대지 마십시오."

74

엘리베이터 보이가 잘라 말했다.

"미안하군."

매키 씨가 위엄을 갖추고 말했다.

"나는 내가 그걸 만지고 있는 줄 몰랐지."

"좋습니다."

나는 점심 초대에 동의했다.

"기꺼이 방문하겠습니다."

# 제3장

여름 내내 이웃 저택에서는 음악이 흘러나왔다. 저택의 푸른 정원에서는 남자들과 여자들의 간지러운 속삭임이 꽃들 사이의 나비들처럼 서로를 오갔다. 물이 들어올 때면 그의 손님들이 뗏목의 탑으로부터 다이빙하거나 해변의 뜨거운 모래 위에서 일광욕하는 것을 바라보았다. 두 척의 모터보트는 롱아일랜드만의 바다를 가르며 수상스키를 끌고 다녔다. 주말이면 그의 롤스로이스는 버스가 되어 아침 9시부터 자정이 넘을 때까지 손님을 실어 나르는가 하면, 스테이션왜건은 손님들이 기차 시간에 늦지 않게 하려고 날렵한 노란 풍뎅이처럼 바쁘게 돌아다녔다. 월요일이면 특별하게 고용된 한 명의 정원사를 포함해 여덟 명의 하인들이 지난밤에 망가진 곳을 하루 종일 수리하였다.

매주 금요일에는 오렌지와 레몬이 든 다섯 개의 바구니가 뉴욕에 있는 과일 상점에서 배송되었다. 그리하여 월요일만 되면 저택의 뒷문에 오렌지와 레몬 껍질들이 마치 피라미드처럼 쌓여 있었다. 주방에는 엄지손가락으로 버튼을 200번 누르기만 하면 30분 만에 200개의 오렌지 주스를 만들에 내는 기계가 장착되어 있었다.

2주에 한 번은 파티를 담당하는 한 무리의 사람들이 수백 피트의 천막과 갖가지 색 전구를 가지고 와 거대한 정원에 매우 높고 커다란 나무를 크리스마스트리처럼 꾸몄다. 임시로 설치된 테이블에는 온갖 산해진미가 차려졌고, 중앙 홀에는 진짜 청동 난간을 갖춘 바가 설치되었으며, 각종 술이 첨가된 음료들이 진열되었다.

7시에는 오케스트라가 도착했다. 오케스트라는

다섯 가지의 악기로 꾸려진 변변치 않은 모양새가
아니라, 극장 무대를 채울 만한 완벽한 규모의 웅
장한 악단이었다.

마지막까지 수영을 하며 놀던 사람들도 저녁이
되면 해변에서 돌아와 옷을 갈아입었다. 뉴욕에서
온 갖가지 차가 저택 진입로까지 5열로 주차되면
중앙 홀과 살롱, 베란다는 원색 옷에 최신 유행의
단발을 하고 화려한 숄을 걸친 여자들로 술렁거렸
다. 바는 활기와 생기로 가득 찼다. 사람들 사이에
서는 즉흥적인 재담이 오가며 누군가를 소개받고
는 바로 그 자리에서 잊어버렸다. 그래서 서로의
이름을 모르는 여자들 사이에는 열띤 자기소개와
허무한 만남만이 주를 이었다.

어둠이 짙어지면 불빛은 더욱 밝아졌다. 오케스
트라의 연주가 울려 퍼지고 가수들의 목소리가 한
옥타브씩 높아졌다. 사람들의 웃음소리도 점차 높
아졌으며 이곳저곳에서 자주 들려왔다. 새로 도착
한 손님이 많아지면서 소리도 더욱더 높아지고 홀

어졌다가는 또 금방 합쳐지곤 했다. 벌써 휘청거리는 사람도 있었지만, 어지간해서는 취하지 않는 여자들은 사람들 사이에서 비비고 엉키며 만남이 주는 즐거움을 탐닉하고 있었다.

갑자기 집시 차림의 여자가 천막 무대 위로 춤을 추듯 올라갔다. 그러자 순간 홀 안이 조용해졌다. 오케스트라의 지휘자는 그녀의 춤에 리듬을 맞춰 연주에 변화를 주었다. 그녀가 폴리스에서 온 질다 그레이의 대역 배우라는 허튼 얘기가 돌면서 다시금 일제히 떠드는 소리로 홀 안이 웅성거렸다. 파티는 멈추지 않았다.

내가 처음 개츠비의 집에 가던 날 밤, 나는 그가 초대한 사람들 중 한 사람이라고 믿고 있었다. 그런데 사람들은 초대받고 온 것이 아니었다. 그들은 그냥 온 것이었다. 그들은 롱아일랜드까지 오는 차를 타고 개츠비의 저택 앞에 내린 것뿐이었다. 거기서 그들은 개츠비를 아는 사람에 의해 소개되었고, 그런 후에는 파티장의 행동수칙에 따라

스스로 움직이며 즐겼던 것이었다. 개츠비를 만나지 못하더라도 단순히 파티가 좋아서 찾아온 이들이었기 때문에 그런 마음이 그 저택의 입장권이 되었다.

그런데 나는 실제로 초대를 받았다. 토요일 아침 일찍, 제복을 입은 그의 운전사가 격식을 차린 짧은 편지를 가지고 나의 집 잔디밭을 걸어왔다. 편지에는 오늘 밤 그의 '작은 파티'에 참석해주신다면 다시없는 영광이겠다는 것과 그는 나를 이제까지 몇 번 보았고, 오래전부터 방문하고 싶었으나 여러 사정 때문에 여의치 않았다는 것 그리고 이제라도 보기를 희망하며, J. 개츠비라고 위엄 있는 필체로 서명이 되어 있었다.

하얀색 플란넬 정장을 입은 나는 7시가 조금 넘은 시각에 그의 정원으로 건너갔고 떠들썩한 낯선 사람들 속을 어색한 마음으로 서성거렸다. 영국인이 의외로 많았다. 그들은 말쑥한 옷차림으로 조금은 배가 고파 보였으며, 부유해 보이는 미국인들

상대로 진지한 이야기를 나누고 있었다. 아마도 보험이나 증권 또는 자동차를 팔고 있는 게 아닌가 하는 생각이 들었다. 그들은 손쉽게 벌 수 있는 돈이 눈앞에 있다는 것을 확신하고 있었으며, 적절한 말 두어 마디로 그 돈은 그들의 것이 될 수 있다고 믿고 있었다.

나는 칵테일 잔이 가득한 바로 다가갔다. 술이라도 한 잔 마시고 어색함을 없애보려던 참이었는데, 마침 조던 베이커가 안에서 나왔다. 그녀는 대리석 계단 위에 서서 몸을 뒤로 젖힌 채 경멸 어린 눈빛으로 정원을 내려다보고 있었다.

"저기요."

나는 그녀 쪽으로 가면서 소리쳤다.

"당신도 여기에 왔을 거라고 생각했어요."

내가 다가가는 동안 그녀는 무심하게 대꾸했다.

"옆집에 산다는 걸 기억하고 있었거든요."

그녀는 당연하다는 태도로 내 손을 잡았는데, 그것은 잠시 보살펴주겠다는 약속 같았다. 노란색 드레스를 입은 아가씨 둘이 우리에게 다가왔다.

"안녕하세요?"

그들은 동시에 소리쳤다.

"당신이 이기지 못해 유감이에요."

조던의 골프 시합에 관한 이야기였다. 지난주에 패배했던 것이다.

"당신은 우리가 누구인지 모를 거예요."

노란 드레스의 한 여자가 말했다.

"하지만 우리는 당신을 한 달쯤 전에 여기서 만났어요."

"그 후에 당신은 머리를 염색했군요."

조던이 말했다.

나는 걷기 시작했다. 조던의 날씬하고 근사한 팔이 내 팔을 낀 채 우리는 정원을 거닐었다. 그러다 우리는 노란 옷의 두 여자와 또 다른 세 남자와 함께 테이블에 자리를 잡고 앉았다. 남자들은 자기들을 모두 미스터 멈블이라고 소개했다.

"파티에 자주 오세요?"

조던이 옆의 여자에게 물었다.

"그럼요, 재밌잖아요."

그녀는 자신만만하게 대답했다. 그리고 옆의 친구에게도 물었다.

"너도 그렇지 않니, 루실?"

루실도 역시 그렇다고 했다.

"난 내 행동에 일일이 신경을 쓰지 않기 때문에 언제나 즐거워요. 지난번에 왔을 때 내 옷이 의자에 걸려 찢어졌어요. 그러자 그분이 내 이름과 주소를 묻지 않겠어요? 그 후 일주일도 채 안 되어 크리리에르 양품점으로부터 새 이브닝 가운이 든 소포가 배달되어 왔어요."

"그걸 받았나요?"

조던이 물었다.

"물론이죠. 실은 오늘 입으려고 했는데 가슴둘레가 너무 커서 고쳐야 했어요. 푸른색에 보라색 구슬이 달려 있어요. 265달러짜리예요."

"그런 식으로 일을 처리하는 사람에겐 뭔가 재

미있는 데가 있어요."

다른 여자가 열심히 말했다.

"그런 분은 누구와도 부딪치길 원치 않지요."

"누구 말입니까?"

내가 물었다.

"개츠비 씨 말이에요. 사람들이 그러는데……."

두 여자와 조던은 서로 친근하게 기댔다.

"이건 들은 얘기인데, 그가 예전에 살인을 했다는 거예요."

묘한 긴장감이 우리를 덮쳤다. 세 사람의 미스터 멈블은 여자들을 향해 상반신을 굽히고 열심히 들었다.

"그 정도는 아닌 것 같아요."

미심쩍다는 듯 루실이 말했다.

"그보다는 그분이 전쟁 중에 독일 스파이였다는 게 사실인 거 같아요."

세 남자 중 하나가 고개를 끄덕이며 확신을 표시했다.

"난 그 얘기를, 독일에서 그와 함께 자랐고 그에 관해서 많이 알고 있는 사람에게서 들었어요."

그는 장담하며 자신 있게 말했다.

"어머, 아니에요. 그럴 리가 없어요. 그분은 전쟁 중엔 미국에 있었으니까요."

우리들이 경솔하게 확신했던 이야기가 그녀의 말이 더 진실이라는 느낌으로 쏠리자, 그녀는 열을 올리며 몸을 앞으로 내밀었다.

"혼자일 때 그분 모습을 보세요. 사람을 죽인 사람임에 틀림없어요."

그녀는 미간을 찡그리며 몸서리를 쳤다. 루실도 몸을 떨었다. 주위를 살펴보았으나 개츠비는 보이지 않았다. 사람들이 이런저런 이야기를 한다는 것은 결국 그의 존재가 로맨틱한 상상을 불러일으키고 있다는 증거였다.

첫 번째 만찬이 나오기 시작했다. '첫 번째'라고 하는 것은 자정이 지나면 또 한 차례의 만찬이 나오기 때문이다. 조던과 나는 조던의 일행이 있는 다른 테이블에 앉았다. 거기엔 세 쌍의 커플과 고집 세고 거친 말을 쓰는 대학생 한 명이 있었다. 조던의 파트너인 그는 조만간에 조던이 자기에게 굴복하리라는 착각에 빠져 있는 모양이었다. 이 파티에 참석하고 있는 모든 사람은 위엄 있는 태도로 각 지방을 대표하는 역할을 하고 있다는 듯한 모습들이었다.

"밖으로 나가요."

파티가 지루하게 느껴질 무렵 조던이 속삭였다.

"여기는 너무 따분해서 견딜 수가 없어요."

우리는 자리에서 일어났고, 그녀는 이제 파티의 주인공을 찾아간다고 말했다. 그리고 내게 그를 만난 적이 없어서 불안해하는 것 같다고 말했다. 그녀의 파트너인 대학생은 냉소적이고 낙심한 표정으로 고개를 끄덕였다.

분주한 사람들 사이에서 개츠비의 모습은 보이지 않았다. 계단 꼭대기에서도 베란다에서도 마찬가지였다. 우리는 고딕 양식으로 꾸며진 천장이 높은 서재로 들어갔다.

올빼미 눈 같은 둥근 테의 커다란 안경을 낀 중년남자가 약간은 취기가 있는 듯, 초점이 흐린 시선으로 서가를 뚫어지게 쳐다보고 있었다. 그는 인기척에 몸을 돌려 조단을 머리에서 발끝까지 훑어보았다.

"어떻게 생각하시오?"

그는 느닷없이 물었다.

"뭘 말인가요?"

그는 서재를 가리키면서 손을 흔들었다.

"저것 말이오. 저건 진짜요."

"책들 말입니까?"

그는 고개를 끄덕였다.

"완벽하게 진짜요. 책장뿐만 아니라 모든 종류의 책이 다 있소. 나는 지금까지 그저 튼튼한 마분지 따위로 그럴 듯하게 장식해놓은 거라고 여겼소. 그런데 아니었소. 모든 게 진짜였소. 내가 당신들에게 보여드리죠."

그는 우리가 의심하는 것을 당연하게 받아들이면서 책장으로 가더니 『스토리 강의록』의 제1권을 손에 들고 왔다.

"이것 보시오!"

그는 의기양양하여 소리쳤다.

"이건 진짜 인쇄물이란 말이오. 완벽해. 리얼리즘의 극치야! 페이지도 잘라내지 않았거든. 그런데 당신들은 왜 오셨소? 용건이 뭐요? 누가 당신들을 데리고 왔지?"

그는 따지듯 물었다.

"아니면 그냥 온 거요? 난 이끌려 왔다오. 대개의 사람들은 누군가에게 이끌려 들어오지요."

조던은 대답하지 않은 채 경계를 하면서도 흥미롭다는 표정으로 그를 바라보았다.

그는 말을 계속했다.

"나를 데리고 온 사람은 루즈벨트라는 여자지. 그 여자를 아시오? 어젯밤 어디선가 만났는데, 난 오늘까지 일주일 동안 술을 마셨고, 그래서 서재

91

에라도 앉아 있으면 술이 깰 줄 알았소."

"그래서 좀 깨셨나요?"

"조금은 깬 것 같은데 아직 잘 모르겠소. 이제 겨우 한 시간밖에 되지 않았으니까. 내가 책 이야기를 했던가요? 이건 진짜란 말이오. 진짜……."

"말씀하셨어요."

우리는 그와 공손하게 인사를 나누고는 밖으로 나왔다. 정원에서는 한창 댄스파티가 무르익어가고 있었다. 밤이 깊어질수록 사람들의 떠드는 소리는 더욱 고조되어 갔다. 유명한 테너 가수가 노래를 부르는가 하면, 또 유명한 알토 가수가 재즈를 불렀다. 정원의 이곳저곳에서 사람들의 묘기가 벌어졌으며, 행복에 취한 웃음소리가 여름 밤하늘을 가득 채워왔다.

우리는 내 또래의 남자와 자유분방해 보이는 여자와 같이 있었는데, 그녀는 조그만 자극에도 견딜 수 없다는 듯 웃었다. 이제는 나도 내 나름대로 파티를 즐기고 있었다. 두 개의 샴페인 핑거볼을 비우자 눈앞의 광경이 뭔가 의미 있고 중요하며 심오한 그 무엇으로 변했다.

내 또래의 남자가 나를 보며 미소 지었다.

"낯이 익습니다."

그는 예의 바르게 말했다.

"전쟁 중에 제1사단에 계시지 않았습니까?"

"나는 1918년 6월까지 제16보병 연대에 소속되어 있었습니다."

"네, 전 제28보병 연대에 있었죠. 아무래도 어디선가 뵌 적이 있어요."

우리는 한동안 프랑스의 어느 습기 차고 어두운 작은 마을에 대해 이야기를 나누었다. 그는 이 근처에 살고 있음이 분명했다. 최근에 수상 비행기를 구입했는데 내일 아침 타볼 작정이라고 말했기 때문이다.

"나와 같이 타보시지 않겠습니까, 올드 스포트 (old spot, 대화체에서 쓰는 말로 좋은 친구라는 뜻, 이하 '친구'로 옮김)! 저 만과 접하고 있는 해변에서요."

"언제요?"

"언제든지 당신이 편한 시간에요."

내가 그의 이름을 묻기 위해 말이 혀끝까지 나왔을 때, 조던이 둘러보며 미소를 지었다.

"어때요, 이제 기분이 좋아졌어요?"

"아주 좋습니다."

대답을 하고 나서 나는 다시 새로 사귀게 된 남자 쪽으로 고개를 돌렸다.

"이러한 파티는 나에게는 좀 낯설어요. 아직 주인도 만나보지 못했어요. 나는 저기 살아요."

손을 들어 멀지 않은 울타리를 가리켰다.

"개츠비라는 사람이 운전사를 시켜 초대장을 보냈더군요."

그는 잠시 동안 이해할 수 없다는 듯이 나를 쳐다보았다.

"내가 개츠비입니다."

그가 불쑥 말했다.

"뭐라고요!"

나는 깜짝 놀라 소리쳤다.

"이런, 실례했습니다."

"나는 당신이 절 알고 계신 줄 알았습니다. 친구, 내가 주인 노릇을 제대로 못했군요."

그는 양해를 구한다는 듯 미소를 지었다. 아니, 그 미소는 양해를 구한다는 것 이상의 의미를 담고 있었다. 그것은 영원한 안도감을 지닌 보기 드문 미소였는데, 일생 동안 몇 번이나 볼 수 있을까 하는 아주 진기한 미소였다. 상대방을 무조건 이해하며 상대방 편이라고 말하고 있는 듯한 미소였다.

그런데 정확히 그 순간에 미소는 사라졌다. 그러자 나는 서른두세 살가량의 세련되고 젊은 남자를 보게 되었다. 그의 다듬어지고 형식적인 말은 자칫 잘못하면 우스꽝스럽게 보이기 쉬웠다. 그가 방금 전 자기소개를 하는 동안에도 나는 그가 조심스럽게 말을 골라 하고 있다는 인상을 받았다.

그때 집사가 서둘러 그에게로 오더니 시카고에서 전화가 왔다고 알렸다. 그는 우리에게 일일이

95

고개를 숙이며 양해를 구했다.

"뭐든지 부탁하실 것이 있다면 말씀해주시오, 친구."

그는 나에게 진심으로 권했다.

"실례합니다. 나중에 다시 합류하겠습니다."

그가 가자마자 조던을 쳐다봤다. 놀라움을 얘기하기 위해서였다. 나는 개츠비 씨는 멋지고 몸이 비대한 중년 신사일 것이라고 생각했다고 말했다.

"그는 어떤 사람이죠?"

나는 물었다.

"그는 개츠비란 이름을 가진 사람일 뿐이에요."

"내 말은 그가 어디 출신이며 무슨 일을 하는 사람이냐는 거예요."

"이번에는 당신이 그 주제를 꺼내기 시작했군요."

그녀는 쓸쓸한 미소를 띠며 대답했다.

"언젠가 나에게 옥스퍼드 대학 출신이라고 하더군요."

그의 배경을 어렴풋이 알 것 같기도 했으나 그

것도 그녀의 다음 한마디로 사라지고 말았다.

"하지만 난 그 말을 믿지 않아요."

"왜 안 믿죠?"

"모르겠어요."

그녀는 힘주어 말했다.

"그저 그가 그 대학에 다녔다고 생각되지 않을 뿐이에요."

그녀의 목소리엔 조금 전 다른 여자가 말했던 "내 생각에는 그가 살인을 한 것 같아요."라는 말을 다시 떠올리게 했고, 그래서 나의 호기심을 더욱 자극했다. 젊은 사람이 어디서인지 모르게 흘러와서 롱아일랜드 해협에 궁전 같은 저택을 구입했다는 것은 적어도 나의 경험을 비추어봤을 때 믿어지지 않는 일이었다.

"어쨌든 그는 큰 파티를 열었어요."

조던은 사실적인 이야기나 하자는 듯 화제를 바꿨다.

"그리고 나는 큰 파티가 좋아요. 그것들은 아주

은밀하죠. 작은 파티에는 사생활이란 게 없거든요."

갑자기 큰북 소리가 나더니 오케스트라 지휘자의 목소리가 정원 안의 떠들썩한 소리를 제압하면서 울려 퍼졌다.

"신사 숙녀 여러분!"

지휘자가 크게 외쳤다.

"개츠비 씨의 요청으로 여러분들을 위해 지난 5월 카네기홀에서 굉장한 주목을 받았던 블라디미르 토스토프 씨의 최신 곡을 연주하겠습니다. 열화와 같은 성원을 받았고 엄청난 센세이션을 불러일으킨 곡이죠."

그는 유쾌하고 겸손하게 웃음을 보이며 덧붙였다.

"약간의 센세이션이요."

그 말에 모두들 한바탕 웃었다.

"이 곡은 잘 알려져 있는 블라디미르 토스토프의 〈세계의 재즈사〉라는 곡입니다."

그는 힘차게 끝맺음을 했다.

연주가 시작되었으나 내 귀엔 제대로 들려오지

98

않았다. 나의 눈에 개츠비의 모습이 들어왔기 때문이다. 그는 대리석 층계 위에 혼자 서서 손님들을 바라보고 있었다. 햇볕에 그을린 피부는 얼굴을 매력적으로 보이게 했고 그의 짧은 머리카락은 매일 단정하게 손질되고 있다는 인상을 풍겼다. 그에게서 나쁜 사람일 거란 인상을 주는 그림자도 찾아볼 수 없었다. 파티 분위기가 고조될수록 그는 더욱 바른 자세를 보이며 빈틈이 없었다.

오케스트라의 연주가 끝나자 여자들은 흐트러지는 행동을 아무렇지도 않게 보였다. 남자들의 가슴으로, 심지어는 무리 속으로 넘어지기도 했다. 그러나 어느 누구도 개츠비에게는 함부로 하지 못했다.

"실례합니다."

어느새 개츠비의 집사가 우리 곁에 서 있었다.

"베이커 양이신가요?"

그가 물었다.

"실례합니다만, 주인께서 당신하고만 따로 얘기

99

를 나눴으면 합니다."

"저하고요?"

그녀는 깜짝 놀라서 소리쳤다.

"네, 아가씨."

그녀는 놀랍다는 표시로 나를 향해 눈썹을 치켜
올려 보이더니 천천히 일어나 집사를 따라갔다.
그녀의 발걸음은 경쾌했다.

나는 혼자가 되었고 시간은 거의 새벽 2시가 되
어가고 있었다. 두 명의 코러스 걸과 이야기를 주
고받던 조던의 호위자인 대학생이 나에게도 같이
어울리자고 청해 왔으나 나는 그 부탁을 거절하고
저택 안으로 들어갔다.

커다란 방에는 사람들로 가득했다. 노란 드레스
의 아가씨 중 하나는 피아노를 치고 있었고, 그 곁
에서는 유명한 코러스 출신의 키 크고 머리가 붉
은 젊은 부인이 서서 노래를 부르고 있었다. 그녀
는 꽤 많은 샴페인을 마신 상태로 노래만 부르는
것이 아니라 울기도 하는 것 같았다. 노래가 끊어

질 때마다 한숨과 훌쩍거리는 소리로 노래의 틈을 채웠으며, 다시 울음 섞인 소프라노로 노래했다. 눈물은 두껍게 칠해진 속눈썹에 닿아 잉크 빛으로 변해 개울물처럼 흘러내렸다. 누군가가 익살스럽게 그녀의 얼굴에 그려진 악보를 노래한다고 야유하자, 그녀는 두 손을 쳐들더니 의자에 푹 쓰러지면서 곯아떨어지고 말았다.

"저 여자는 자기가 당신의 남편이라고 주장하는 어떤 남자와 싸웠어요."

내 옆에 있던 한 여자가 설명했다.

집에 가기 싫어하는 것은 바람난 남자들뿐만이 아니었다. 홀은 이미 취한 여자들에 의해 점령당해 있었다. 그녀들은 큰 목소리로 서로를 동정하고 있었다.

"우리 남편은 내가 즐거워하는 꼴을 못 봐요. 즐거워하는 기색만 보이면 집으로 가자는 기예요."

"그런 이기적인 얘기는 처음 들어요."

"우리는 언제나 제일 먼저 돌아가는 쪽이에요."

"우리도 그래요. 그런데 오늘 밤은 우리가 맨 마지막까지 남아 있는 쪽이 되겠군요."

한 남자가 낮은 목소리로 말했다.

"오케스트라도 30분 전에 이미 떠났단 말이오."

두 여인은 오랜만의 의견일치에도 불구하고 대화를 끝내버렸고, 취한 몸을 비틀며 어둠 속으로 걸어 나가고 말았다. 그때 서재의 문이 열리면서 조던 베이커와 개츠비가 나왔다. 그는 무엇인가 마지막으로 몇 마디 더 하고 있는 것 같았다. 몇몇 사람이 작별인사를 하려고 그에게 다가가자 지금까지 열정적이었던 그의 태도가 갑자기 딱딱하게 굳었다.

조던의 일행이 현관에서 빨리 오라며 그녀를 불러댔으나 그녀는 악수를 하느라고 주춤거렸다.

"나는 방금 아주 놀라운 얘기를 들었어요."

그녀는 목소리를 낮추며 속삭였다.

"저랑 개츠비가 저 방에서 얼마나 있었죠?"

"글쎄요, 한 시간쯤 됐을까요?"

"정말이지 놀라운 얘기였어요."

그녀는 넋이 나간 듯 같은 말을 되풀이했다.

"하지만 난 절대로 말하지 않기로 맹세했기 때문에 당신에게도 말할 수 없어요."

그녀는 내 얼굴에 대고 우아한 하품을 했다.

"나를 만나러 와주세요… 전화번호부에는… 시고니 하워드 부인이라는 이름이 나와 있어요. 우리 숙모예요."

그녀는 이렇게 말하면서 서둘러 자리를 떠났다. 그녀는 손을 흔들며 명랑하게 키스를 날리고는 일행들 속으로 사라졌다.

나는 처음 온 파티에 너무 늦게까지 있는 것이 다소 쑥스러웠지만 어쩌다 보니 마지막까지 남아 개츠비 주위에 있던 손님들 틈으로 들어갔다. 나는 저녁 일찍부터 그를 찾아다녔던 것과 정원에서 알아보지 못했던 것에 대해 사과를 하고 싶었다.

"별말씀을요."

그는 나에게 친절하게 말했다.

"그런 생각은 두 번 다시 하지 마세요, 친구."

친근한 그의 말보다 내 어깨를 안심하라는 듯 쓰다듬는 그의 손길에서 더 친밀감을 느꼈다.

"그리고 내일 아침 수상비행기 타기로 한 것 잊지 마세요."

그때 집사가 그에게 다가와 말했다.

"필라델피아에서 전화가 왔습니다."

"알았네, 금방 가겠다고 해요. 그럼 안녕히 가십시오."

"네, 안녕히 계세요."

"안녕히 가세요."

그는 미소 지었다. 그리고 내가 이곳에 마지막까지 있었던 것이 기분 좋은 의미라도 있는 것같이 그의 미소 속에는 의미심장한 느낌이 담겨 있었다.

"안녕히 가십시오, 친구. 안녕히 가세요."


나에게 일어났던 몇 주일 전 사흘 밤 동안의 사

건들은 나를 완전히 사로잡았다. 그러나 그 사건들은 혼잡한 여름철에 우연히 일어난 일들에 지나지 않으며, 그 사건은 나중에 개인적인 업무로 몰두했던 것에 비하면 아주 사소한 것이었다.

사실 나는 하루의 대부분을 일하는 데 보내고 있었다. 이른 아침에 신탁회사로 출근을 했으며 다른 사무원이나 젊은 채권 판매원의 이름을 알고 지냈다. 어두컴컴한 식당에서 돼지고기 소시지와 으깬 감자와 커피로 점심을 먹곤 했다. 경리과의 아가씨와 잠시 관계를 가지기도 했지만 그녀의 오빠가 나에게 곱지 않은 시선을 보내기 시작하면서 그만두었다. 저녁식사는 주로 예일 클럽에서 해결했다. 하루 중 가장 우울한 시간이었다.

식사 후엔 위층의 도서실로 올라가 만족할 만한 시간 동안 투자와 증권에 대해 공부했다. 공부를 끝내고 밤이 되면 나는 메디슨 가를 슬슬 걸어 내려가 역사가 긴 머레이힐 호텔을 지나 33번가 너머에 있는 펜실베니아 역까지 가곤 했다.

나는 뉴욕이 좋아지기 시작했다. 활기가 넘치고 도발적이며 모험적인 밤의 느낌과 끊임없이 물결치는 자동차 행렬이 잠을 이루지 못하는 눈동자에 만족 같은 보상을 주기 때문이었다. 5번가에서는 로맨틱할 것만 같은 여자를 고르며 몇 분 안에 그들의 생활 속으로 들어가는 걸 상상하며 즐겼다. 그런 일은 누구도 알 수 없고 비난할 리 없는 엉큼한 상상이었다. 때때로 마음속에서 길모퉁이에 있는 그녀들의 아파트까지 따라가곤 했다. 그러면 그녀들은 문으로 들어가 따뜻한 어둠 속으로 사라지기 전에 돌아서서 나를 보고 웃었다.

매혹적인 뉴욕 대도시의 해 질 녘이면 나는 떨쳐버릴 수 없는 외로움을 느꼈다. 혼자서 외롭게 보내야 하는 저녁식사 시간에 창문 앞을 서성거리는 가난한 공무원들을 보면서도, 어두운 사무실에서 인생의 즐겨야 할 순간들을 허비하며 얼쩡거리는 젊은 사무원들 속에서도 나는 외로움을 느꼈다.

한참 동안 조던 베이커를 만나지 못하다가 한

여름쯤 다시 만났다. 그녀는 골프 챔피언이었으며 모든 사람이 그 이름을 알고 있었기 때문에 그녀와 함께 여러 곳을 돌아다니면서 나는 우쭐한 감정을 느낄 수 있었다. 그녀에게 사랑을 느낀 적은 없었다. 단지 일종의 애정이 깃든 호기심을 갖는 중이었다.

그녀가 세상을 향해 취하는 지루해하고 오만해하는 표정 뒤에는 무엇인가가 숨겨져 있었다. 그러던 어느 날 나는 그것이 무엇인가를 알아내고야 말았다.

워릭에 있는 어떤 집의 파티에 갔을 때, 그녀는 빌려온 차를 빗속에 덮개를 열어놓은 채 그대로 방치해두었다. 그 후에 그녀는 차량을 대여한 곳의 직원에게 그것에 대해 거짓말을 했다. 그러자 나는 문득 데이지의 집에서 내용을 잘 모르고 듣고 있던 그녀에 대한 일화가 생각났다.

그녀가 처음 참가한 골프 선수권 대회에서 문제가 생겨, 하마터면 신문에 날 뻔한 소동이 있었다.

107

준결승 때 그녀가 나쁜 위치에 있던 골프공을 옮
직였다는 것이었다. 그러나 그녀는 아니라고 극구
부정하는 거짓말을 했다. 결국 추문으로 확대될
뻔하다가 사라지고 말았다. 왜냐하면 캐디가 자기
의 진술을 취소해버렸고, 오직 한 사람뿐인 다른
목격자마저 자기가 잘못 보았을지도 모른다고 인
정해버렸기 때문이다. 하지만 이 사건은 내 마음
속에 지워지지 않고 남아 있었다.

조던 베이커는 본능적으로 영리하고 통찰력 있
는 사람들을 피했다. 일반적인 규범에서 살아가는
사람들 틈에서의 생활이 보다 안전하다고 느꼈기
때문이었다. 그녀는 구제할 수 없을 정도로 부정
직했다. 그녀는 자신이 불리한 입장에 서는 것을
참지 못했고, 그런 못마땅한 상태가 주어지면 세
상에 대해 냉혹하고 오만한 미소를 지을 수 있기
위해, 굳세고 의기양양한 육체의 요구를 만족시키
기 위해, 어렸을 때부터 각종 속임수를 준비하기
시작했던 것 같았다.

나는 그녀의 그런 면에 대해 가끔 유감스러울
때가 있었지만 곧 잊어버리곤 했다. 한때 나는 그
녀를 사랑한다고 생각했다. 그러나 나는 생각이
느린 데다가 성적인 욕망에 브레이크를 거는 내면
적인 규율로 가득 차 있었다. 그래서 나는 스스로
가 이 복잡한 혼란으로부터 빠져나와 제자리로 돌
아가야 한다는 것을 깨달았다.

　　누구나 기본적인 최소한의 미덕을 하나쯤은 가
지고 있다. 나 역시 그랬다. 즉 나는 내가 알고 있
는 극히 소수의 정직한 사람들 중 하나였다.

제4장

일요일 아침, 해변마을에 있는 교회의 종소리가 울려 퍼졌다. 상류사회의 사람들은 또다시 개츠비의 저택으로 몰려와 들뜬 기분으로 정원을 돌아다녔다.

"그 사람은 밀주업자가 틀림없대요."

젊은 여자들은 개츠비의 칵테일과 그의 꽃들 사이를 돌아다니며 그의 얘기를 했다.

"그는 힌덴부르크(독일 공화국 2대 대통령)의 조카이며 그 악마(1차 대전의 도발자로 알려진 독일 황제 빌헬름2세)와는 6촌뻘이 된다는 것을 알아낸 사람을 살해했다는 거예요. 여보, 장미 한 송이 부탁해요. 그리고 저기에 놓인 크리스털 글라스 잔에 마지막 한 방울까지 담아서 가져와주세요."

언젠가 나는 그해 여름에 개츠비의 집에 왔던 사람들의 이름을 적어본 적이 있다. 그 이름들은 개츠비에게 후한 접대를 받았으면서도 그에 대해서는 아무것도 모른다고 교묘하게 회피하는 사람들이다.

그때 이스트에그에서 온 사람은 체스터 베커 부부와 리치 부부 그리고 내가 예일 대학에서 알게 된 번슨이라는 남자인데, 작년 여름에 메인 주에서 익사한 웹스터 시빗 박사였다. 그리고 호르빈 부부와 윌리 볼테르 부부 및 블랙벅 일가족이 왔는데, 그들은 항상 한쪽 구석에 모여 있다가 누구든지 그들에게 다가가면 염소처럼 코를 벌름거리곤 했다. 그리고 이즈메이 부부와 크리스티 부부도 왔다. 정확히 말하자면 후베르트 아우어바흐와 크리스티 씨의 아내가 왔다. 그리고 에드가 비버 씨도 왔는데, 들리는 말로는 이 사람의 머리가 어

느 겨울날 오후 특별한 이유 없이 솜처럼 하얗게
변했다고 했다. 클라렌스 엔다이브라는 사람도 나
의 기억으로는 이스트에그에서 온 것 같았다. 그
는 단 한 번만 왔었는데 하얀 니커 바지(무릎 부분
에서 졸라매는 헐거운 바지)를 입고 와서는 에티라는
떠돌이와 정원에서 싸움을 했다.

멀리 롱아일랜드에서 온 사람들로는 치들 부부
와 O. R. P. 슈레이더 부부, 조지아의 스톤월 잭슨
아브라함 부부, 또 피시가드 부부와 리플리 스넬
부부 등이 있었다. 스넬은 주 교도소로 가기 사흘
전에 이곳에 들렀는데 술에 만취되어 차도에 자빠
져 있었고, 마침 율리시즈 스웨트 부인의 차가 그
의 오른손을 밟고 지나갔다. 또한 댄시 부부도 왔
었고, 예순이 넘은 S. B. 화이트베이트도 왔으며 모
리스 A. 플링크와 헤멀헤드 부부, 담재 수입업자인
벨루가 씨와 그의 여자도 왔다.

폴 부부, 멀레디 부부, 세실 뢰벅과 세실 쇼언,
주 상원의원인 걸릭스, 영화 회사의 지배인인 뉴

턴오키드, 에크러스트와 클라이드 코언, 그리고 돈 S. 슈바르츠 씨의 아들과 아서 매카티 씨가 왔다. 이들은 어떤 면에서 모두 영화와 연관이 있는 사람들이었다. 그리고 캐틀리프 부부, 벰버그 부부, 후에 아내를 교살한 멀둔과 형제 간인 G. 얼 멀둔, 또한 그 범죄를 주동했던 다 폰타노도 왔고, 에드 리그로 스, 제임스 B.(주정뱅이) 페리트, 드종 부부, 어네스트 릴리도 왔었는데, 그들은 도박을 하러 오는 것이었다. 그래서 페리트가 정원을 어슬렁거리는 것은 완전히 빈털터리가 되었다는 것이고, 그래서 다음 날에는 수송회사인 '연합통운'의 수입을 내고자 한 차례 소동이 있어야 한다는 걸 의미했다.

클럽스프링거라는 사람은 노상 와서 죽치고 있었으므로 '하숙인'이란 별명이 붙었다. 나는 그가 집이 있는지 의심이 들었다. 연극에 관계되는 사람들로는 거스 웨이즈, 호레이스 오도노반, 레터마이어, 조지 덕위드, 프렌시스 불 등이 있었다. 또

한 뉴욕에서는 크롬 부부, 베키슨 부부, 데니커 부부, 러셀 베티, 코리건 부부, 켈리허 부부, 디워 부부, 스퀄리 부부, 그리고 S. W. 벨처, 스머크 부부, 지금은 이혼한 젊은 퀸 부부, 또 타임스 광장의 지하철에 뛰어들어 자살한 L. 팔미토 등이 왔다.

베니 맥클레니언은 언제나 네 명의 여자와 함께 도착했다. 그녀들의 외모는 결코 같지 않았지만 하는 짓이 너무나 일치하는 점이 많아 전에 개츠비의 저택에 자주 왔던 것처럼 생각되었다. 그녀들의 이름은 잊었는데 재클린 아니면 글로리, 주디, 콘셀라이었던 것 같기도 했다.

나는 포스트나 오브라이언이 한 번은 왔었던 것으로 기억하며, 베데커가의 여자들, 전쟁 때 총에 맞아 코가 날아간 브뤼어 청년, 올브릭스버거와 그의 약혼녀 하그 양, 아르디타 피츠피터스, 전에 미국에 재향군인회 회장이었던 P. 지웨트, 운전사로 알려진 남자와 같이 클라우디아 하프 양이 왔다. 그리고 우리가 공작이라고 부르는 어느 왕족이 있었는데 이름을 들은 적이 있지만 지금의 잊어버렸다.

이 모든 사람이 그해 여름에 개츠비의 저택에 왔었다.

7월 말의 어느 날 아침 9시 정도의 시각에 개츠비의 호화로운 차가 나의 집 문 앞에서 세 가지 음으로 된 경적을 울려 댔다. 나는 이미 두 번이나 그의 파티에 참석 했고 수상비행기를 탔으며, 그의 간곡한 초대로 해변을 여러 차례 이용하기도 했지만, 그가 나를 방문한 것은 처음이었다.

"안녕하시오, 친구. 오늘 같이 점심이나 하러 가지요."

그는 미국인 특유의 재치 있는 동작으로 차의 발판 위에서 몸의 균형을 잡고 있었는데 잠시도 가만있질 못했다. 발을 흔들거나 참을성 없이 손을 쥐었다 폈다 하는 것이었다. 그는 차를 부러운 듯 보고 있는 나를 보았다.

"차 멋있죠, 친구?"

그는 내가 더 잘 볼 수 있도록 차에서 뛰어내렸다.

"전에 이 차를 보신 적이 없던가요?"

본 적이 있었다. 누구나 다 이런 차를 본 적 있을 것이다. 화려한 크림색으로 니켈 장식이 번쩍이고, 앞 유리는 복잡하게 층층으로 되어 있어서 햇빛이 반사되고 있었다. 녹색 가죽으로 만든 온실 안과도 같은 여러 겹의 유리 속에 앉아서 우리는 시내를 향해 출발했다.

지난 한 달 동안 나는 그와 여섯 번쯤의 대화를 나누었는데 슬프게도 그에게는 별로 화젯거리가 없다는 느낌을 받았다. 그래서 그가 대단한 인물일 것이라는 나의 첫인상은 차츰 사라지고 단순히 화려한 이웃집 부자 정도로밖엔 안 보였다.

"이봐요, 친구."

그는 갑자기 말을 꺼냈다.

"당신은 나에 대해 어떻게 생각하십니까?"

갑작스런 질문에 나는 적절한 대답을 못하고 머

못거렸다.

"그럼 내가 당신에게 내 얘기를 좀 하지요."

그가 먼저 입을 열었다.

"당신이 들은 나에 관한 얘기들로 인해 오해하지 않기를 바라기 때문입니다."

그는 그의 홀에서 오고간 여러 가지 이야기 속에 담겨진 묘한 험담들을 알고 있는 눈치였다.

"나는 맹세하건대 진실만을 얘기하겠습니다."

그는 갑자기 오른손을 들어 선서를 하듯 맹세했다.

"나는 중서부의 어느 부유한 부모 아래서 태어났습니다. 지금은 모두 돌아가셨지요. 난 미국에서 자랐지만 교육은 옥스퍼드 대학교에서 받았습니다. 우리 집안은 오래전부터 그곳에서 교육을 받아왔기 때문이지요."

그는 나를 곁눈질로 보았다. 그래서 나는 조던 베이커가 왜 그가 거짓말을 하고 있다고 믿었는지를 알았다. 그는 "교육은 옥스퍼드 대학교에서 받왔다." 하는 대목에서 마치 그것이 그의 마음을 괴롭히는 것처럼 급하게 넘어가버렸고, 말끝을 삼켜버리거나 그 부분에서는 숨을 죽였던 것이다. 이런 의심과 함께 그의 모든 이야기는 신뢰를 잃었고, 그에게는 뭔가 숨기는 것이 있는 게 아닌가 하는 생각이 들었다.

"중서부의 어디입니까?"

나는 자연스럽게 물었다.

"샌프란시스코입니다."

"아, 그렇군요."

"가족은 모두 죽었고, 저만 남아서 거액의 돈을 물려받게 되었죠."

갑자기 한 가족이 사라져버린 것에 대한 기억의 아픔이 남아 있는지 그의 음성은 무거웠다. 한순간 나는 놀림을 당하는 것이 아닌가 하는 의심이 들었는데, 그의 표정을 살피는 순간 결코 그렇지 않다는 확신이 들었다.

"그 후에 난 인도의 젊은 왕자처럼 파리, 베니

스, 로마, 유럽의 모든 도시에서 살면서 보석, 주로 루비를 수집하고, 큰 경기를 쫓아다니며 그림도 좀 그리고, 나 자신만을 위한 것이지만 오래전에 일어난 매우 슬픈 일들을 잊어버리려고 애쓰고 있었습니다."

나는 그의 말이 믿기지가 않아서 웃음이 나오려는 걸 간신히 참았다. 그가 사용한 문구들은 너무 구식인 것 아닌가.

"그러다가 전쟁이 일어났지요. 그건 정말 나에겐 꽤 좋은 휴식 기간이었습니다. 난 어떻게든 죽으려고 애썼으니까요. 하지만 내게는 마법처럼 생이 이어지고 있었던 모양입니다. 전쟁이 시작되면서 나는 중위로 임명되었죠. 아르곤 숲 전투에서 살아남은 나의 기관총 부대를 너무 전진시키는 바람에, 전진하지 못했던 보병과의 사이에 오백 미터쯤의 틈이 생기고 말았지요. 우리는 거기서 이틀 낮 이틀 밤을 머물렀습니다. 그때 우리가 가진 것이라곤 루이스식 기관총 열여섯 자루를 가진 병사 130명뿐이었죠. 마침내 보병이 도착했고, 그들이 시체더미 속에서 독일군 3개 사단의 휘장을 발견하게 되었어요. 나는 소령으로 승진했고, 가는 곳마다 연합군 정부에서는 훈장을 주었습니다. 몬테네그로, 아드리아, 해에 면한 작은 몬테네그로에서까지 말입니다."

작은 몬테네그로! 그는 목소리를 높였고, 예의 어린 미소를 띠면서 몬테네그로 사람들에게 목례를 하듯 고개를 끄덕였다. 그 미소는 분쟁이 많은 몬테네그로의 역사를 이해하고, 몬테네그로 국민의 용감한 투쟁을 존경하는 미소였다. 또한 몬테네그로 사람들의 따스한 마음씨에서 이러한 훈장을 준 것이 어떤 의미인지 일련의 국제 사정을 충분히 이해한다는 미소였다.

나의 의심은 그의 강한 매력에 빠져 어느새 사라져버렸다. 그것은 마치 열두 권쯤의 여성잡지를 빠르게 뒤적여보는 것과 같았다.

그는 호주머니에서 리본이 달린 금속 하나를 꺼

내 내 손바닥 위에 얹었다.

"그것이 몬테네그로에서 받았던 훈장입니다."

놀랍게도 그것은 진짜였다. 적어도 진짜처럼 보였다. 'Orderi di Danilo(다닐로 훈장)'이라고 시작되는 문장은 금속 가장자리를 따라 둥그렇게 새겨져 있었고, 'Montenegro Nicolas Rex(몬테네그로 니콜라스 왕)'으로 끝맺어 있었다.

"뒤집어보시지요."

"제이 개츠비 소령."

나는 소리 내어 읽었다.

"특별 공훈을 기념함."

"여기 내가 항상 가지고 다니는 게 또 하나 있지요. 옥스퍼드 재학 시절의 기념품입니다. 트리니티 안뜰에서 찍은 것이죠. 내 왼쪽 남자는 지금의 얼 도커스터 백작입니다."

그것은 블레이저를 입은 여섯 명의 청년이 아치 길에서 빈둥거리며 노는 사진이었는데, 뒤로는 많은 뾰족탑이 보였다. 거기에 약간은 젊어 보이는 개츠비가 크리켓 배트를 들고 있었다. 그렇다면 모든 것은 사실이었다.

나는 그랜드커널(베니스의 대운하로 베니스의 간선로가 된다)에 있는 저택에서 타오르는 듯 작열하는 호랑이 가죽, 루비 상자를 열고 그것들의 짙은 심홍색을 바라보며 마음의 상처를 달래고 있는 그를 보았다.

"전 오늘 당신에게 큰 부탁을 드리려고 합니다."

그는 만족한 듯 그의 기념품들을 주머니에 넣으면서 말했다.

"그래서 당신이 나에 대해 뭔가를 알아두셔야 한다고 생각한 것입니다. 당신이 나를 별 볼일 없는 사람으로 생각해 버리는 걸 원치 않았어요. 나는 슬픈 일을 잊어버리려고 사람들 속에 있거나 방황하고 있는 것뿐입니다."

그는 말하는 것을 주저했다.

"그 얘기를 오늘 오후에 들려드리겠습니다."

"점심때요?"

"아니, 오후 말입니다. 당신이 베이커 양과 차를 마시러 간다는 걸 우연히 알았습니다."

"그럼 당신이 사랑에 빠졌다는 여자가 베이커 양이라는 뜻입니까?"

"아니요, 친구. 아닙니다. 다만 베이커 양이 이 문제에 대해서 당신과 의논하는 것을 친절하게 승낙했기 때문이지요."

나는 '이 문제'란 것이 무엇인지 전혀 알 수 없었지만, 흥미보다는 오히려 귀찮다는 생각이 들었다. 나는 제이 개츠비 씨에 관해 이야기하기 위해 조던에게 차를 마시자고 한 것이 아니었다. 그 '부탁'이라는 게 틀림없이 뭔가 엉뚱한 것이겠거니 생각한 나는, 사람들이 북적대는 그의 정원에 들어선 것이 순간 후회되었다.

그는 다른 말은 더 하려고 하지도 않았다. 도시에 가까워지자 그의 단정함은 더욱 확고해졌다. 우리는 루즈벨트 항을 지나 빈민가 앞 자갈도로를 빠른 속도로 지나갔다. 이윽고 차는 양쪽에 재의 골짜기가 펼쳐진 길로 들어섰다. 그곳을 지나가면서 나는 윌슨 부인이 숨을 헐떡이며 차 수리소의 펌프를 누르고 있는 모습을 언뜻 보았다.

우리는 롱아일랜드 도시의 중간 정도를 지나는 동안 줄곧 속력을 내었다. 우리가 고가철도의 받침 기둥을 끼고 회전했을 때, 귀에 익은 모터사이클 소리가 들렸고, 대단히 흥분한 경찰이 우리 옆으로 바싹 따라왔다.

"괜찮아요, 친구."

개츠비가 말했다. 우리는 천천히 속도를 줄였다. 개츠비는 지갑에서 하얀 카드 한 장을 꺼내더니 경찰에게 흔들어 보였다.

"알겠습니다."

경찰은 모자에 가볍게 손을 대며 말했다.

"다음부터는 알아 모시겠습니다, 개츠비 씨. 용서하십시오."

"무엇을 보여준 겁니까?"

나는 물었다.

"옥스퍼드의 사진이었습니까?"

"언젠가 뉴욕 경찰국장에게 호의를 베푼 일이 있었지요. 그 후론 해마다 크리스마스카드를 보내오고 있답니다."

거대한 다리 위에는 햇빛이 큰 대들보 사이를 비추며 지나가는 자동차들을 끊임없이 반사하고 있었다. 우리가 블랙웰스 아일랜드를 지나갈 때 리무진 한 대가 우리 앞을 지나갔는데, 백인 운전사에 온갖 멋을 다 낸 남자 둘과 흑인 남자 두 명과 흑인 여자 한 명이이 타고 있었다. 그들이 달걀 노른자 같은 눈동자를 굴리며 경쟁심과 적의에 찬 시선으로 우리를 쳐다보는 것을 보고 나는 웃음을 터뜨리고 말았다.

'이 다리를 넘어섰으니 이제 무슨 일이라도 일어날 수 있겠지. 무슨 일이라도……'

나는 생각했다. 개츠비만 하더라도 특별히 이상할 것도 없이 갑자기 나타나지 않았던가.

시끄러운 한낮이었다. 내가 개츠비와 점심을 먹기 위해 들른 곳이 42번가에 위치한 지하 레스토랑이었다. 그는 다른 또 한 사람과 대화를 나누고 있었다.

"캐러웨이 씨, 이쪽은 내 친구 울프샤임이에요."

납작코의 몸집 작은 유태인이 그의 커다란 머리를 들어 날 쳐다보았는데 양쪽으로 가른 기다란 머리카락이 콧구멍에까지 내려와 있었다.

"어쩐지 진즉에 본 것 같더니만."

울프샤임 씨는 내 손을 열심히 흔들면서 말했다.

"그런데 내가 한 일을 어떻게 생각하나?"

"무슨 말씀이신지요?"

나는 정중하게 물었다.

그러나 그는 나에게 얘기하는 것이 아니었다. 그는 내 손을 놓더니 개츠비 쪽으로 얼굴을 돌렸다.

"난 캐스포에게 그 돈을 건네주면서 말했지. '좋아, 캐스포. 저 자식이 입을 다물기 전에는 한 푼도 주지 마.' 하고 말이야. 그랬더니 그 자식이 당장 다물지 뭐야."

개츠비가 우리 두 사람의 팔을 잡고 레스토랑으로 들어갔으므로 울프샤임 씨는 새로 하려던 말을 삼켜버리고 최면술에 걸린 것처럼 멍해졌다.

"하이볼로 드릴까요?"

웨이터가 물었다.

"근사한 레스토랑인데."

천장에 그려진 장로교풍의 요정들을 바라보며 울프샤임 씨가 말했다.

"하지만 난 길 건너가 좋던걸."

"네, 하이볼로 주세요."

그렇게 웨이터에게 대답하고 나서 개츠비는 울프샤임 씨에게 말했다.

"거긴 너무 더워요."

"덥고 좁은 곳이지, 맞아."

울프샤임 씨가 말했다.

"그러나 거긴 추억이 많은 곳이지."

"거기가 어딘데요?"

내가 물었다.

"예전 메트로 폴 호텔이 있던 곳이지요."

개츠비가 대신 대답했다.

"예전 메트로 폴!"

소리친 울프샤임 씨는 침울하게 생각에 잠겼다.

"죽은 사람들의 얼굴과 친구들의 얼굴로 가득해. 거기서 로지 로센달이 총에 맞던 날 밤의 일을 나는 평생 잊을 수가 없어. 그때 우리 여섯 명은 새벽까지 먹고 마셨지. 웨이터가 다가오더니 누가 밖에서 잠깐 보잔다고 말했어. '좋아' 하고 로지가 일어서려 하는 것을 내가 도로 끌어 앉히며 '로지, 보고 싶은 놈이 이리 들어오라고 해. 나가면 안돼.' 그때가 새벽 4시쯤이었어."

"그 사람은 밖으로 나갔습니까?"

나는 순진하게도 그렇게 물었다.

"물론 나갔지요."

울프샤임 씨의 코는 분명히 나를 향해 벌름거렸다.

"그는 문 쪽으로 가면서 말했어요. '웨이터가 내

131

커피를 치우지 못하도록 해!' 그리고 녀석은 보도로 나갔는데 그 순간 놈들이 그의 팽팽한 배에다 총을 세 번이나 쏘고 재빨리 차를 타고 도망쳤소."

"그들 중 네 명은 전기 사형을 당했지요."

나는 기억을 더듬으며 말했다.

"다섯이죠. 베커도 현장에 있었으니까."

그의 콧구멍이 흥미를 느낀다는 듯이 더 커졌다.

"그래. 당신은 사업에 연줄이 되는 사람을 찾아다닌다면서요?"

사람 죽는 이야기를 하고 느닷없이 사업 이야기를 꺼내다니 동시에 두 가지 이야기를 한다는 것은 좀 놀라운 일이었다. 개츠비가 나 대신 대답했다.

"아, 아니 이분은 그 사람이 아니에요."

개츠비가 음성을 높였다.

"이분은 그냥 친구예요. 그 일에 대해선 다른 기회에 이야기하자고 말하지 않았소."

"미안합니다."

울프샤임 씨가 말했다.

"사람을 잘못 봤군요."

울프샤임 씨는 예전 메트로 폴 호텔의 감상적인 분위기는 잊어버린 채 굉장한 식욕으로 먹어대기 시작했다. 먹는 동안에도 그는 천천히 식당 안을 살펴봤다. 고개를 돌려 바로 뒤쪽의 사람까지 살펴본 뒤 시선을 거두었다.

"이봐요, 친구."

개츠비가 상체를 나한테로 기울이며 말했다.

"오늘 아침 차 안에서 당신을 좀 귀찮게 한 게 아닌가 싶습니다."

그의 얼굴에 또다시 그 미소가 떠올랐는데, 나는 이번에는 미소를 받아주지 않고 맞았다.

"난 비밀을 좋아하지 않아요."

나는 대답했다.

"어째서 당신은 툭 터놓고 당신이 원하는 것을 말하지 않는지 이해할 수 없어요. 왜 모든 게 베이커 양을 통해야 되는 겁니까?"

"아아, 비밀이 될 만한 건 아무것도 없어요."

그는 나를 안심시키듯 말했다.

"아시다시피 베이커 양은 유명한 운동선수라 옳지 않은 일은 절대로 하지 않아요. 당신도 잘 아시겠지만……."

그는 갑자기 시계를 보더니, 자리에서 일어나 서둘러 방을 나갔다.

"전화 걸어야 할 일이 있어요."

울프사임 씨가 그를 바라보며 말했다.

"좋은 친구죠, 안 그렇습니까? 잘생겼고, 완벽한 신사지요."

"네."

"그는 오그스퍼드(옥스퍼드의 잘못된 발음) 출신이죠."

"네에?"

"그는 영국의 오그스퍼드 대학에서 공부했지요. 오그스퍼드 아시죠?"

"세계에서 가장 유명한 대학 중 하나죠. 개츠비 씨를 오래전부터 아셨나요?"

"7, 8년 됐지요."

그는 흡족한 듯이 대답했다.

"나는 제1차 세계대전 직후에 기쁘게도 그와 얼굴을 알고 지내게 됐죠. 그와 한 시간 쯤 대화를 하고 나서 나는 그가 교양 있는 사람이라 여기곤 '이런 사람이야말로 집으로 데리고 가 어머니나 누이에게 소개해주고 싶은 사람이야.' 하고 생각했죠."

그는 잠시 말을 끊었다.

"당신 내 소매 단추를 보고 있군요."

그것을 보고 있던 것이 아니었는데 그의 말에 난 그의 소매 단추를 보았다. 그것들은 신기하게도 친근감이 가는 단추였다.

"사람의 어금니로 만든 최고품이지요."

그가 알려주었다.

"세상에!"

나는 그것들을 자세히 들여다보았다.

"그것 참 흥미로운 아이디어군요."

"그렇죠."

그는 코트 속에 있는 소매를 번쩍 쳐들었다.

"그래요, 개츠비는 여자에 대해 참으로 예의 바르게 행동하는 친구죠. 친구의 아내라도 바로 쳐다 보지 않는답니다."

울프샤임 씨가 본능적으로 신뢰하는 이야기의 주인공이 테이블로 돌아와 앉자, 울프 씨는 커피를 훌쩍 마셔버리곤 일어섰다.

"점심식사 즐거웠소."

그는 말했다.

"당신들 두 젊은이가 귀찮아하기 전에 가봐야 겠어."

"더 계세요, 마이어."

개츠비가 담담하게 말했다.

울프샤임 씨는 무슨 감사의 기도라도 올리듯이 손을 들어올렸다.

"대단한 예의를 차리시는군. 하지만 난 다른 세 대니까."

그는 근엄하게 말했다.

"당신들은 여기에서 스포츠와 여자들에 대해 애기들 하라고, 그리고…….''

그가 무슨 이야기를 하고 싶었는지 하려던 말을 멈추고는 다시 손을 들어올리며 손사래를 쳤다.

"난 벌써 50이야. 더 이상 당신들을 귀찮게 하고 싶지 않아."

그가 악수를 나누고 발길을 돌렸을 때, 나는 그의 기분을 상하게 하는 말은 하지 않았나 생각했다.

"그는 이따금 매우 감상적이 되곤 한답니다."

개츠비가 설명했다.

"오늘이 바로 그런 날이죠. 뉴욕에서는 아주 독특한 인물로…, 말하자면 브로드웨이에 살고 있지요."

"뭘 하는 사람이죠, 배우인가요?"

"아니에요."

"치과 의사인가요?"

"울프샤임은 도박꾼이에요."

개츠비는 조금 망설이는 듯 했으나 이내 냉정하게 덧붙였다.

"그는 1919년 월드 시리즈를 매수한 장본인이죠."

"월드 시리즈를 매수했다고요?"

그 말은 나를 어리둥절하게 했다. 나로서는 도저히 상상할 수도 없는 일이었다.

"어떻게 그런 일을 하게 되었나요?"

잠시 후 나는 물었다.

"어쩌다가 그런 기회를 알았던 것뿐이지요."

"왜 감옥에 가지 않았죠?"

"그를 집어넣지는 못해요, 친구. 그는 아주 영리한 사람이에요."

나는 점심값을 내가 내겠다고 말했다. 웨이터가 거스름돈을 가지고 왔을 때, 사람들이 붐비는 방 저쪽에 톰 뷰캐넌이 보였다.

"잠깐 나하고 같이 가시죠."

나는 말했다.

"어떤 사람에게 인사를 해야겠습니다."

톰은 우리를 보자 자리에서 벌떡 일어나 우리 쪽으로 왔다.

"자네 어디 있었나?"

그는 간절하게 물었다.

"자네에게서 전화가 오지 않는다고 데이지가 몹시 화를 내고 있다네."

"이분은 개츠비 씨, 그리고 뷰캐넌 씨."

두 사람은 간단한 악수를 했는데, 이때 경직되고 당황하는 기색이 개츠비의 얼굴을 스쳐갔다.

"도대체 어디에 있었어?"

톰이 내게 다그치듯 물었다.

"웬일로 이렇게 먼 곳까지 식사를 하러 왔지?"

"개츠비 씨와 함께 점심식사를 하러 왔네."

나는 개츠비 쪽으로 몸을 돌렸다. 하지만 그의 모습은 이미 그곳에 없었다.


조던 베이커는 바로 그날 오후, 플라자 호텔의 정원 의자에 꼿꼿하게 몸을 펴고 앉아서 나에게 비밀이었던 이야기를 들려주었다.

"1917년 10월의 어느 날 나는 한 발자국은 보도

위를 또 다른 발자국은 잔디를 밟으며 이리저리 거닐고 있었어요. 영국에서 사온 구두를 신고 있었는데 밑창에 고무가 붙어 있어서 잔디를 밟는 것이 더 기분 좋았지요. 그리고 바둑판무늬의 새 스커트를 입고 있었는데 바람에 날릴 때마다 나부끼며 펄럭였지요. 모든 집 앞에 내건 붉고 희고 푸른 깃발도 바람에 날리며 빡빡이 펼쳐지면서 탓- 탓- 탓- 소리를 냈어요. 그중에 가장 큰 깃발과 가장 넓은 잔디밭은 데이지 페이의 집 앞에 있는 것이었어요.

당시 데이지는 나보다 두 살 많은 열여덟이었는데 루이빌의 아가씨 중에서 가장 인기가 많았어요. 그녀는 하얀 드레스가 잘 어울렸고, 흰색 로드스터를 갖고 있었어요. 데이지 집에서는 그녀를 찾는 전화벨이 쉴 새 없이 울려댔고, 테일러 기지에서 온 흥분한 젊은 장교들은 '딱 한 시간만이라도 절 만나주세요!' 하면서 하룻밤 동안 데이지를 독점하는 특권을 갖겠다고 야단들이었어요.

내가 그날 아침 그녀의 집 앞에 갔을 때, 흰색 로

드스터가 길모퉁이에 세워져 있었어요. 당시 데이지는 내가 본 적이 없는 중위 한 사람과 차 안에 앉아 있었어요. 그들은 너무 서로에게 열중해 있었기 때문에 내가 그들 가까이 다가간 줄 몰랐어요. 그러다가 갑자기 데이지가 소리쳤어요.

'가까이로 와줄래.'

퀸카인 그녀가 나와 이야기 하고 싶어 하는 것을 알고 난 우쭐해졌어요. 내가 가장 숭배하던 언니였거든요.

그녀는 나더러 붕대를 만들기 위해 적십자사로 가는 길이냐고 물었어요. 난 그렇다고 대답했지요. 그때 장교는 그녀를 계속 바라보고 있었는데, 모든 아가씨가 동경하는, 누군가가 자신을 애정 어리게 바라봐주는 그러한 시선으로 보고 있었어요. 나에게는 아주 로맨틱하게 보였죠.

그 장교의 이름은 제이 개츠비였고, 그로부터 4년 동안 그 사람을 보지 못했어요. 심지어 롱아일랜드에서 직접 만났을 때도 난 그가 그때의 그 장교라는 걸 알아채지 못했어요.

그것은 1917년의 일이었죠. 그 이듬해엔 나에게도 몇 명의 애인이 생겼고, 골프선수권 대회에 출전하게 되면서 데이지를 자주 만날 수 없었어요. 당시 그녀는 그녀보다 나이를 약간 더 먹은 사람들과 교제하고 있었어요. 그런데 그때 좋지 못한 소문들이 그녀의 주변을 맴돌기 시작했어요.

글쎄 어느 겨울밤에 데이지가 해외로 떠나는 어떤 군인을 마중하기 위해 뉴욕으로 가려고 짐을 챙기다가 어머니에게 들켰다는 소문이었어요. 어머니의 반대로 결국 못 가게 되자 식구들과는 여러 주일 동안 말도 하지 않았대요. 그리고 그 일이 있은 후부터 데이지는 더 이상 군인들과 사귀질 않았다는군요. 그 대신 군대에 갈 수 없는 평발이나 근시인 청년들하고만 어울렸대요.

다음 해 가을쯤엔 데이지도 예전처럼 다시 명랑해졌어요. 휴전 후에는 사교계에 데뷔했고, 이듬해 2월에는 뉴올리언스 출신의 남자와 약혼했던 것 같아요. 그런데 놀랍게도 6월에 시카고에서 온 톰 뷰캐넌과 결혼했어요. 어디서도 본 적 없는 성대한 결혼식이었어요. 톰은 멀바크 호텔을 통째로 전세 내고, 35만 달러짜리 진주 목걸이를 신부에게 사주었지요.

난 신부의 들러리였어요. 그래서 결혼식 피로연이 시작되기 30분 전에 그녀의 방에 가봤더니, 꽃장식의 드레스를 입은 채 침대에 누워 있는 거예요. 게다가 원숭이처럼 빨갛게 술에 취해 있지 뭐예요. 한 손엔 소테른 화이트와인 병을 쥐고 있고, 다른 손에는 편지를 들고 있었어요.

'나를 축하해줘.'

그녀는 중얼거렸어요.

'술이라곤 마셔본 적이 없는데, 아, 어쩜 이렇게 기분이 좋을까.'

'무슨 일이야, 데이지?'

나는 겁이 났어요. 정말이에요. 결혼식 당일에 술에 취한 신부 이야기를 들은 적이 없었거든요.

143

'여기 있어.'

그녀는 휴지통을 뒤지더니 진주 목걸이가 한 줄을 꺼내들고는 말하는 거예요.

'이걸 가지고 내려가서 소유자가 누구든지 돌려 줘버려요. 그리고 모두에게 데이지는 마음이 변했 다고 말해줘. 마음이 변했다고 말이야.'

데이지는 울기 시작했어요. 울고 또 울었어요. 난 밖으로 달려가서 그녀의 어머니와 가정부를 찾 았고, 우리는 그녀를 차가운 물을 받아 넣은 욕조 로 밀어 넣었어요. 그녀는 편지를 꼭 쥔 채 놓지 않 았어요. 결국에는 편지를 물에 담가 쥐어짜 압축 해서 덩어리를 만들더니 그것을 조각을 내고서야 버리도록 했어요.

데이지는 다른 말은 한마디도 하지 않았어요. 우리는 그녀에게 암모니아수를 주었고, 이마에 얼 음을 얹어주었으며, 드레스를 다시 입혀주었지요.

30분 뒤 우리가 방에서 나왔을 때, 진주 목걸이 는 그녀의 목에 걸려 있었고, 이로써 사건은 끝이

났어요. 이튿날 그녀는 톰 뷰캐넌과 결혼하여 남태평양으로 3개월 여정의 신혼 여행길에 올랐어요.

나는 산타바바라에서 그들을 보았는데, 그렇게 남편에게 빠져 있는 여자는 처음 봤어요. 그가 잠깐만 안 보여도 불안한 눈치였어요. 두 사람이 같이 있을 때, 톰의 머리를 데이지의 무릎 위에 올려놓고서 앉아 있곤 했는데 그럴 때면 그녀가 손가락으로 톰의 눈 가장자리를 간지럽히거나 아니면 기쁨 어린 시선으로 그를 내려다보았어요. 그렇게 두 사람이 같이 있는 걸 본다는 것은 감동 그 자체였어요. 뭐랄까, 그들의 모습에 매혹되어서 숨이 멈출 것 같았지요.

그때가 8월이었어요. 내가 산타바바라를 떠나온 지 1주일 뒤 어느 날 밤, 톰이 벤투라 가에서 소형화물차와 충돌하여 차 앞바퀴 하나가 빠져버렸어요. 그리고 톰과 있었던 여자도 한쪽 팔이 부러지는 바람에 신문에 보도되고 말았는데, 그 여자는 산타바바라 호텔의 객실 하녀였어요.

이듬해 4월에 데이지는 딸을 낳았고, 그들은 1년 예정으로 프랑스에 가 있었어요.

나는 어느 해 봄에 칸에서 그들을 만났고, 그 후에는 도빌에서 만난 적도 있었어요. 그 후에 그들은 시카고로 돌아와 정착하게 되었죠. 데이지는 시카고에서 인기가 있었어요. 두 사람은 행실이 좋지 않은 무리들과 어울렸고 그들은 모두 만나면서 바빴지만, 데이지는 결코 정숙함을 잃지 않았죠. 아마 그녀가 술을 마시지 않았기 때문일 거예요. 술꾼들 틈에서 술을 마시지 않는다는 것은 어떤 면에선 대단한 일이기도 하지요. 그리고 그녀의 목소리에는 무언가가 있었어요.

그런데 약 일주일 전쯤에 그녀가 몇 년 만에 처음으로 개츠비의 이름을 듣게 된 거죠. 기억나요? 내가 웨스트에그의 개츠비 씨를 아느냐고 당신에게 물었던 거 말이에요. 당신이 돌아간 다음, 데이지가 내 방으로 들어와서 나를 깨우더니 이렇게 말했어요.

'어떤 개츠비를 말하는 거야?'

내가 반쯤은 잠에 취한 상태에서 이러저러한 사람이라고 말하자 그녀는 자기가 알고 있는 사람임에 틀림없다고 말했죠. 그때서야 나는 그녀의 하얀색 자동차에 앉아 있던 그 장교가 개츠비였음을 연관시키게 된 거예요."

조던 베이커의 이야기가 모두 끝났을 때, 우리는 이미 플라자 호텔을 떠난 지 30분이나 지난 뒤였다. 해는 벌써 50번가의 영화배우들이 사는 고층 아파트 뒤로 사라져버렸고, 아이들의 밝은 노랫소리가 여름날의 불타는 황혼을 지나 멀리 울려 퍼지고 있었다.

나는 아라비아의 족장
그대의 사랑은 나의 것
그대가 잠든 밤에
그대의 텐트 안으로 몰래 들어가리……

"그건 정말 이상한 우연이군요."

나는 말했다.

"하지만 그건 전혀 우연이 아니었어요."

"왜요?"

"개츠비가 구입한 집은 데이지가 사는 집의 바로 맞은편 해안에 있으니까요."

그렇다면 지난 6월의 밤, 개츠비가 갈망하듯 두 팔을 벌리고 바라보고 있던 것은 하늘의 별이 아니었다. 무의미해 보였던 그의 행동들이 일순간에 정리가 되면서 그의 존재는 하나의 살아 있는 인간으로서 내 눈에 비치기 시작했다. 조던은 계속 말을 이었다.

"그 사람은 당신이 어느 날 오후 데이지를 당신 집에 초대하고, 자기도 초대해줄 수 있는지 궁금해해요. 그걸 부탁하고 싶은 거예요."

너무나도 조심스러운 그의 부탁에 나는 적잖은 감동을 받았다. 그는 5년을 기다리다가 대저택을 샀으며, 어느 날 오후 남의 집 정원에 '초대받을 수 있기를' 기다리고 있었던 것이다.

"과거사를 모두 나한테 알리지 않으면 그런 사소한 일조차 부탁할 용기가 없었던 건가요?"

"그 사람은 무서웠던 거예요. 너무 오랫동안 기다렸으니까. 당신이 기분 나쁘게 생각하는 건 아닌지 염려도 되었고요. 하지만 그의 내면엔 강력한 의지가 잠재해 있어요."

하지만 뭔가 나에게는 석연치 않은 점이 있었다.

"왜 당신에게 부탁하지 않았을까요? 만날 기회를 만들어 달라고."

"그 사람은 데이지에게 자기 집을 보여주고 싶어 하거든요." 하고 그녀는 말했다.

"당신 집이 바로 옆집이잖아요."

"하! 그렇군요."

"내 생각에 그 사람은 데이지가 언젠가는 자기 집 파티에 나타날 거라고 기대했었나 봐요."

조던은 말을 계속했다.

"하지만 끝내 오지 않았죠. 그래서 그 사람은 여

러 사람에게 조심스럽게 데이지에 대하여 묻기 시작한 거예요. 그래서 찾아낸 사람이 바로 나고요. 우리가 춤을 구경하고 있을 때 날 부르러 하인을 보낸 그날 밤 기억나죠? 그 사람이 얼마나 정성들여 이 일을 추진해왔는지 당신한테 들려주고 싶었어요. 그때 난 곧바로 뉴욕에서 점심식사를 같이 하도록 주선해주겠다고 제안했어요. 그랬더니 그 사람이 예민한 반응을 보였어요. '그런 이상한 짓은 하고 싶지 않소!'라는 말로 단호하게 '나는 옆집에서 건전하게 그 사람을 만나고 싶습니다.'라고 하는 거예요. 당신이 톰하고는 특별한 관계의 친구라고 하자 그 사람은 이 계획을 모두 포기하려고 했어요."

날은 이미 어두워져 있었다. 마차가 갑자기 작은 육교 아래로 들어갔을 때 나는 금빛으로 물든 조던의 어깨에 팔을 얹고, 끌어당겨 저녁식사를 같이 하자고 말했다. 갑자기 내 머릿속에서는 데이지의 일도 개츠비의 일도 다 사라져버렸다. 그러고는 무슨 일에든 회의적인 태도를 보이는 이 명랑한 꽃봉오리 같은 여자, 내 팔 안에서 의기양양하게 가슴을 젖히고 있는 이 여자만이 내 머릿속을 차지하였다. 나는 조던을 끌어당겼다. 그녀의 깔보는 듯한 창백한 입술에는 미소가 떠올랐다. 그래서 나는 그녀를 더 가까이 끌어당겼다. 이번에는 입술 가까이로 말이다.

# 제5장

그날 밤 내가 웨스트에그로 돌아왔을 때, 한순 간 불이 난 게 아닌가 하고 놀랐다. 새벽 2시였는 데 반도(半島) 전체가 빛에 싸여 있었다. 모퉁이를 돌았을 때, 개츠비의 저택 모든 곳에 빛을 밝혔기 때문이란 걸 알았다. 나는 또 파티를 하는 중인가 하고 생각했다. 그러나 아무 소리도 들리지 않았 다. 택시가 나를 내려놓고 사라진 후, 개츠비가 잔 디밭을 가로질러 나에게로 다가오는 것이 보였다.

　"집이 마치 만국박람회장 같아 보입니다." 하고 나는 말했다.

　"그렇습니까?"

그는 멍하니 그쪽으로 시선을 돌렸다.

"여기저기 방을 둘러보고 있었습니다. 어떻습니까, 코니 아일랜드에 가지 않으시겠습니까? 내 차로 말입니다."

"너무 늦은 거 아닌가요?"

"그럼 풀에서 수영이나 하지요. 여름 내내 한 번도 풀을 이용하지 않았거든요."

"전, 좀 자야 할 것 같습니다."

"아, 그렇습니까?"

그러나 그는 돌아가지 않고 무언가 물어볼 것이 있는 듯한 얼굴로 나를 바라보았다.

"베이커 양과 얘기를 했습니다."

잠시 후 나는 말했다.

"내일 데이지에게 전화를 걸어 가까운 시일 내에 차를 마시러 오라고 말할 겁니다."

"오, 그거 좋습니다."

그는 무관심한 듯 말했다.

"그렇지만 당신을 번거롭게 만든 건 아닌지 걱

156

정되는군요."

"원하는 날짜가 따로 있나요?"

서둘러 그는 내 말을 따라 했다.

"원하는 날짜라니요? 전 그렇게 당신에게 부담을 주고 싶진 않습니다."

"내일 오후가 어떨까요?"

그는 잠시 생각하더니 주저하듯이 말했다.

"내일은 잔디를 깎고 싶습니다만."

우리는 잔디를 내려다보았다. 내 집의 난잡하게 자란 것과 손질이 잘된 그의 집 잔디밭의 경계가 뚜렷하게 구분되어 보였다. 나는 그가 우리 집 잔디에 대해 말하고 있는 것이 아닌가 생각했다.

"그리고 또 한 가지 사소한 일이 더 있긴 합니다."

그는 망설이는 눈치였다.

"며칠 더 미루고 싶습니까?" 하고 나는 물었다.

"아니, 그런 게 아닙니다. 적어도……."

그는 말을 잇지 못하고 머뭇거렸다.

"아니 난 단지……. 아니, 있잖소. 친구, 당신이

하는 일이 별로 수입이 안 되는 건 아닌가 해서요."

"뭐……, 큰 수입은 안 됩니다."

그는 이 대답에 안심이 된 듯 얼마간 자신감을 가지고 말을 계속했다.

"수입이 넉넉하지는 않을 것이라고 생각했습니다. 이건 실례가 되는 말일지도 모르겠습니다만……. 나는 부업으로 장사를 좀 하고 있습니다. 그래서 말인데, 만약 당신이 하는 일이 별로 큰 수입이 되지 않는다면……. 지금 주식시장에서 채권 매매를 한다고요, 친구?"

"노력을 하고 있습니다."

"네, 그렇다면 제가 드릴 제안이 당신에게 흥미가 있을 거라고 생각합니다. 시간도 빼앗기지 않는 일이고, 상당한 돈도 벌 가능성도 있으니까요. 약간 비밀을 요하는 일이기는 하지만 말입니다."

지금 생각해보면 이때의 대화는 내 인생의 전환기가 될 만한 일이기도 하였다. 그러나 서툰 말솜씨에다가 속이 빤히 들여다보이는 제의였던 만큼 나로서는 그 자리에서 얘기를 중단시키는 것 외에는 달리 선택할 방법이 없었다.

"나는 지금 하고 있는 일도 벅찹니다. 호의는 감사하지만 나로서는 이 이상의 일을 받아들일 여유가 없습니다."

"울프샤임과 접촉할 필요가 있는 일이 절대 아닙니다."

아마도 개츠비는 내가 점심 자리에서 얘기가 나온 '거래선'이라는 말 때문에 망설이고 있다고 추측하는 게 틀림없었다. 나는 그렇지 않다고 분명하게 말해주었다. 그래도 그는 잠시 동안 내 쪽에서 뭔가 얘기를 꺼내주지 않을까 하고 기다리고 있었다. 그러나 나는 다른 일에 마음을 빼앗기고 있었기 때문에 그의 기분에 응해줄 여유가 없었다. 그러자 그는 마지못해 자기 집으로 돌아갔다.

그날 밤 나는 마음이 가벼워졌고 행복했다. 집으로 들어오자마자 깊은 잠에 곯아떨어졌다. 다음날 나는 회사에서 데이지에게 전화를 걸어 차 한 잔 마시자며 우리 집에 초대했다.

"톰은 절대 데리고 오지 마."

"뭐라고요?"

"톰과 같이 오지 말라고."

"톰이라니, 누굴 말하는 거야?"

데이지는 천진난만하게 웃으며 물었다.

데이지가 방문하기로 한 날은 비가 억수같이 퍼 붓고 있었다. 11시쯤 개츠비 씨의 부탁으로 댁의 잔디를 깎으러 왔다고 말하는 남자가 현관문을 두 드렸다. 그제야 나는 핀란드인 가정부에게 누가 방 문하기로 했으니 나중에 다시 와 달라고 말해두는 것을 잊고 있었다는 것을 깨달았다.

나는 다급하게 웨스트에그로 자동차를 몰고 가 서, 골목길을 왔다 갔다 하면서 그녀를 찾았고, 홍 차 잔과 레몬 그리고 꽃을 샀다.

그러나 꽃은 필요 없었다. 개츠비의 저택으로부 터 온실을 통째로 옮겨 왔나 싶을 정도의 꽃들이 도착했기 때문이다. 한 시간쯤 지나자 플란넬 정장을 입은 개츠비가 허둥대며 현관문으로 들어왔다. 창백한 안색에 잠을 설쳤는지 눈 아래에는 검은 그림자가 드리워져 있었다.

"모든 일이 잘되어 갑니까?"

그는 들어오자마자 물었다.

"잔디에 대해서 말씀하시는 거라면 아주 깨끗해졌지요."

"잔디라니요?"

그는 건성으로 그렇게 대답했다.

"아, 정원 잔디 말이군요." 하고 창 너머로 정원을 바라보았지만, 그의 눈에는 아무것도 들어오지 않는 게 분명했다.

"아주 좋아 보입니다."

그는 아무렇게나 말했다.

"신문에 4시경에는 비가 그칠 거라고 했더군요. 차 대접할 준비는 다 되었습니까?"

나는 그를 식료품실로 데리고 갔다. 그는 핀란드인 가정부를 좀 곤란하다는 시선으로 바라보았

다. 우리는 구입해 온 12개의 레몬 케이크를 자세
히 살펴보았다.

"이것으로 되겠습니까?"

내가 물었다.

"물론 좋습니다. 훌륭합니다!"

그가 말하고는 어색하게 덧붙였다.

"친구."

3시 30분경에는 빗줄기가 약해지면서 축축한
엷은 안개로 변했다. 개츠비는 얼빠진 표정으로
책을 여기저기 펼쳐 읽거나 부엌 바닥을 끄는 핀
란드 여자의 발걸음소리에 깜짝 놀라기도 하고,
또는 문 밖에서 보이지 않는 놀라운 일이 일어나
고 있다는 듯한 얼굴로 어두워진 창밖을 두리번
거리며 내다보기도 하였다. 그러다가 그는 마침내
자리에서 벌떡 일어나더니 집으로 돌아가겠다고
말했다.

"돌아가봐야겠습니다."

"왜요?"

"차 마시러 아무도 안 옵니다. 너무 늦었어요!"

그는 초조한 표정으로 시계를 보았다.

"하루 종일 기다릴 순 없습니다."

"바보처럼 굴지 말아요. 아직 4시 2분 전 아닙니까."

그는 내가 떠밀기라도 한 것처럼 자리로 가서 불쌍하게 털썩 앉았는데, 바로 그때 밖에서 자동차가 우리 집으로 들어서는 소리가 들렸다. 우리는 동시에 튀어 오르듯 벌떡 일어났다.

벌거벗은 상태로 빗방울을 뚝뚝 떨어뜨리는 라일락 나무들 아래로 자동차가 미끄러지듯 들어와 멈춰 섰다.

세 군데 각이 진 라벤더색 모자 아래로 데이지의 얼굴이 황홀한 미소를 지으며 나를 바라보고 있었다.

"여기가 정말 오빠가 사는 집이야?"

빗줄기를 타고 들려오는 그녀의 목소리는 마치 레모네이드처럼 듣는 이의 마음을 끓어오르게 하는 힘을 가지고 있었다. 자동차에서 내리려는 것을 도우려고 손을 잡았을 때, 그녀의 손은 반짝이는 빗방울에 젖어 있었다.

"오빠 나를 사랑하는 거야?"

그녀는 낮은 목소리로 내 귀에 속삭였다.

"그렇지 않으면 왜 혼자 오라고 했죠?"

"그건 레크렌트 성(城)의 비밀이야. 운전사한테 한 시간쯤 후에 오라고 해."

"한 시간 정도 있다가 다시 와요, 퍼디."

차는 되돌아 나갔고, 우리는 집안으로 들어갔다. 놀랍게도 거실은 텅 비어 있었다.

"어, 이상하군."

무심코 나는 큰 소리로 말했다.

"이상하다니요?"

그때 현관문을 두드리는 노크 소리가 들려왔다. 문을 열자 창백한 얼굴의 개츠비가 코트 주머니에 두 손을 깊숙이 집어넣고 비참한 눈빛으로 나를 보면서 물구덩이 속에 서 있었다. 그는 주머니에

서 손을 빼지 않은 채 내 옆을 성큼성큼 지나 현관
으로 들어오더니 바로 홀 안으로 사라졌다.

그런데 나는 이런 그의 모습이 조금도 우습게
생각되지 않았다. 내 자신도 심장의 고동소리를
의식하면서 더 심하게 내리는 비를 막기 위해 현
관문을 닫았다.

한동안은 아무 소리도 들리지 않았다. 그러다
마침내 홀 안에서 웃음소리가 터졌고, 데이지의
들뜬 목소리가 들려왔다.

"당신을 다시 만나서 정말 기뻐요."

또다시 침묵이 흘렀다. 나는 현관에서 더 이상
의 용무가 없었기에 홀 안으로 들어갔다. 개츠비
는 아직도 양손을 주머니에 넣은 채 벽난로에 기
대어 서서 몹시 지루하다는 태도를 억지로 가장하
고 있었다. 그리고 그런 자세로 광기 어린 시선을
데이지에게 보내고 있었다. 처음에 데이지는 놀랐
지만 이제는 마음을 가라앉히고 정숙하게 의자 끝
에 앉아 있었다.

"우리는 예전에 만났던 적이 있습니다."

개츠비가 중얼거렸다.

"네, 우리는 몇 년 동안이나 만나지 못했지요."

데이지가 말했다. 그녀의 목소리는 더할 수 없이 덤덤했다.

"다가오는 11월이면 5년째가 되지요."

개츠비의 대답도 기계적인 느낌이었다.

홍차를 마시고 과자를 먹는 동안 우리들 사이에 자연스런 예절은 저절로 지켜졌다. 데이지와 내가 이야기를 나누는 동안 개츠비는 뒷전으로 물러나서 긴장되고 침울한 눈초리로 우리 둘을 번갈아 바라보고 있었다. 그러나 안정 자체가 본래의 목적이 아니었기 때문에, 나는 틈을 타서 구실을 대고 자리에서 일어났다.

"어디 갑니까?"

당황한 개츠비가 물었다.

"곧 돌아오겠습니다."

"그 전에 당신에게 꼭 해야 할 얘기가 있습니다."

그는 허둥대며 내 뒤를 따라 주방으로 들어왔다. 그는 문을 닫더니 가련한 음성으로 말했다.

"아아! 세상에, 실패예요, 실패!"

그는 고개를 양옆으로 저으면서 말했다.

"이건 엄청난 실패입니다."

"당황해서 그런 것뿐입니다."

나는 이렇게 말하고 나서 또 이렇게 덧붙였다.

"데이지도 당황하고 있어요."

"그녀가 당황하고 있다고요?"

믿을 수 없다는 듯 그는 물었다.

"그래요, 당신만큼이나."

나는 마침내 참을 수 없어서 화를 냈다.

"그리고 지금 이 행동은 무례하군요. 데이지를 혼자 내버려뒀어요!"

그는 한 손을 들어 내 말을 가로막고, 잠시 원망의 눈초리로 나를 보더니 조심스럽게 문을 열고 다시 그 방으로 돌아갔다.

나는 뒷문을 통해 밖으로 나갔다. 내 모습은 30

분 전에 개츠비가 겁을 먹으며 집 주변을 한 바퀴
돌았을 때와 같은 모습이었다. 잎이 무성하게 자란
거목을 향해 달려갔다. 울창하게 자란 이파리들이
비를 피할 수 있는 공간이 되어주었다. 비는 또다
시 거세게 쏟아졌다. 잔디밭에는 작은 진흙탕 구덩
이와 늪지대가 여기저기 생겨나고 있었다.

30분쯤 지나자 다시 태양이 얼굴을 내비치기 시
작했다. 비가 내리는 동안에는 빗소리가 두 사람의
속삭임같이 느껴졌고, 때때로 높게 부풀어 올라서
마침내는 돌풍 같은 감정이 되는, 두 사람의 이야
기 같았다. 그러나 비가 그치고 정적이 찾아오자
집 안에서 들려오던 속삭임도 조용히 가라앉았다.

나는 가능한 한 내가 낼 수 있는 소리는 다 내면
서 안으로 들어갔다. 하지만 그들 귀에는 아무 소
리도 들리지 않았음이 틀림없었다. 두 사람은 긴
의자 양끝에 앉아서 어느 쪽에서 질문을 하고 받
았는지 모르게 서로를 바라보고 있었다. 데이지
의 얼굴은 눈물로 얼룩져 있었는데, 내가 들어가

자 거울 앞으로 가 자신의 손수건으로 눈물을 닦았다. 그러나 개츠비의 얼굴에는 나를 어리둥절하게 하는 변화가 일어나고 있었다. 그의 얼굴이 빛나고 있었다. 환희의 말이나 몸짓은 없었지만 지금까지 없었던 행복감이 그의 전신에서 뿜어져 나와 거실 안에 넘치고 있었다.

"아아, 안녕하시오, 친구."

그는 마치 몇 년 만에 만난 듯한 말투였다. 악수라도 나눠야 될 분위기인가 착각할 정도였다.

"비가 그쳤습니다."

"그래요?"

그는 내가 무슨 말을 하는지를 알아차렸다. 그리고 방안에 햇빛이 밝게 비치고 있는 것을 깨달으며 데이지에게 말했다.

"어때, 비가 그쳤대?"

"좋아요, 제이."

고뇌로 슬퍼하는 데이지의 아름다운 목소리는 뜻밖에 찾아온 환희만을 말해주고 있었다.

"당신과 데이지를 우리 집으로 초대하고 싶습니다."

개츠비가 말했다.

"데이지에게 우리 집을 보여주고 싶거든요."

"내가 정말 가도 되겠습니까?"

"물론이지요, 친구."

데이지는 얼굴을 씻기 위해 2층으로 올라갔다. 난 2층에 있는 내 수건을 생각해내고 부끄러웠지만 이미 때는 늦었다. 나는 개츠비와 함께 밖으로 나가 그녀를 기다렸다.

"저희 집 괜찮아 보이죠?"

그는 말했다.

"집 앞면 전체가 볕을 받습니다."

나도 훌륭한 저택이라고 동의했다.

"네, 그렇습니다."

그의 시선은 저택의 아치형 문과 사각 탑 등을 하나하나 음미하고 있었다.

"저 집을 구입할 돈을 버는 데 딱 3년이 걸렸습

니다."

"나는 당신이 유산을 상속받았을 거라고 생각했어요."

"그랬지요. 하지만 대공황으로 다 잃어버렸어요. 그 전쟁의 공황으로 말입니다."

그는 잠시 생각에 잠기더니 다시 말을 이었다.

"여러 가지 일을 했지요. 제약업에 관여도 했고, 석유업에도 손을 댔지요. 지금은 두 가지 다 그만두었습니다만."

그렇게 말하고는 나를 물끄러미 쳐다보았다.

"내가 지난밤에 제안했던 것을 생각해보셨다는 뜻입니까?"

그러나 그 질문에 내가 미처 대답할 틈도 없이 데이지가 집 안에서 나왔다. 드레스에 두 줄로 나란히 붙은 진주 단추가 햇빛을 받아 반짝였다.

"저 어마어마한 저택이야?"

그녀는 손가락으로 가리키며 외쳤다.

"마음에 들어?"

"아주 훌륭해. 하지만 저런 집에 혼자서 어떻게 살까?"

"항상 재미있는 사람들로 붐비고 있어. 유명인들도 있고."

데이지는 매료된 듯 탄성을 지르며 중세시대 양식의 건물 윤곽을 살펴보면서 칭찬했고, 정원에 들어서는 수선화와 산사나무, 자두나무의 거품 같은 향기, 삼색 제비꽃의 향기를 찬양했다. 집 안으로 들어가서는 마리 앙트와네트 양식으로 된 음악실이나 영국복고시대풍의 살롱을 돌아보았다. 2층으로 올라가 장밋빛과 라벤더색 실크로 둘러싸이고 막 꺾어 온 꽃들로 산뜻한 느낌이 드는 고풍스러운 침실들을 지나서, 화장실과 당구실 그리고 욕조가 움푹 들어간 욕실도 구경하였다. 그리고 마지막으로 개츠비의 방에 이르렀다. 그곳은 침실과 욕실 그리고 애덤식의 서재로 되어 있었다.

우리는 개츠비가 가져온 샤르트뢰즈를 한 잔씩 마셨다. 개츠비는 데이지로부터 한시도 눈을 떼지

않았다. 그녀가 자기 앞에 있다는 놀랄 만한 현실
앞에서 자기의 소유물 따위는 이미 그 실재성을
잃어버렸다는 듯이 행동했다. 그러다 계단에서 굴
러 떨어질 뻔한 일까지 있었다.

그의 침실은 어떤 방보다 수수했다. 다만 순금
으로 만들어진 세면용품들이 놓인 화장대만은 예
외였다. 데이지가 즐거워하며 머리빗을 들어 자신
의 머릿결을 매만졌다. 그러자 개츠비는 의자에
앉아서 두 눈을 가리고는 웃기 시작했다.

"정말로 사랑스럽지 않나요, 친구." 하고 그는
들뜬 음성으로 말했다.

"나는 저렇게 할 수가 없거든요, 아무리 애를 써도
말이오."

흥분이 가득한 환희를 거친 지금의 그는, 그녀
가 자기 눈앞에 있다는 경이로움에 마음을 빼앗기
고 있었다. 그는 오랫동안 이 일만을 꿈꿔왔다. 그
는 오늘의 과정을 머리에 수없이 그려왔을 것이
고, 또 상상할 수 없을 만큼의 집중력으로 이를 악

물고 기다려왔던 것이다. 이제 그는 너무 세게 감은 시계의 태엽처럼 그 반동으로 모든 것이 풀리려 하고 있었다.

그러나 이내 평정을 되찾은 그는 우리에게 거대한 특수 옷장 두 개를 열어 보여주었다. 그 안에는 양복과 가운, 와이셔츠와 넥타이가 산더미처럼 쌓여 있었다.

"영국에 옷을 사서 보내주는 사람이 있는데, 봄과 가을이 시작될 때마다 물건을 골라서 보내줍니다."

그는 와이셔츠를 한 장 한 장 우리 앞으로 던지기 시작했다. 얇은 마 와이셔츠, 두꺼운 실크 와이셔츠, 올이 촘촘한 플란넬 와이셔츠. 그것들은 떨어지면서 펼쳐져 테이블에 가지각색의 색채를 드러내며 쌓이고 있었다. 우리가 감탄하자 그는 더 많은 것을 끄집어냈다.

부드럽고 호화로운 산이 점점 높아져 갔다. 산호색과 연한 녹색, 라벤더색, 엷은 오렌지색 바탕에 줄무늬도 있고, 격자무늬 소용돌이무늬도 있었다. 짙은 청색으로 개츠비의 이름 첫 글자를 넣은 것까지 있었다. 그런데 갑자기 데이지는 괴로운 소리를 내더니 와이셔츠 속에 얼굴을 파묻고는 격렬하게 울기 시작했다.

"아, 너무나도 아름다운 셔츠들이야."

그녀의 울먹이는 소리가 와이셔츠 속에서 들렸다.

"왠지 슬퍼요. 이렇게 예쁜 와이셔츠를 본 적이 없거든요."

우리는 집 안을 둘러본 뒤, 정원과 수영장, 수상 비행기와 여름 꽃들을 볼 예정이었다. 그런데 다시 비가 내리기 시작했기 때문에 창가에 나란히 서서 파도치는 해변을 바라보았다.

"안개가 끼지 않았더라면 저쪽 편에 있는 당신의 집이 보였을 텐데."

개츠비가 말했다.

"당신 집의 배를 대는 부두 끝에는 언제나 녹색 등이 켜져 있더군."

데이지가 갑자기 개츠비의 팔짱을 꼈다. 그러
나 개츠비는 지금 자신이 한 말에 마음을 빼앗겨
서 팔짱 낀 사실을 모르는 것 같았다. 아마도 그에
게 녹색등이 가지고 있던 거대한 의미가 지금은 영
원히 소멸해버렸다는 생각이 들었을 것이다. 자신
과 데이지를 갈라놓고 있던 그 끝없는 거리에 비하
면, 등불은 바로 그녀 옆에, 그녀를 만질 수 있을 정
도로 가까운 곳에 있으리라 여겼을 것이다. 그런데
바라던 것이 현실이 되었고, 그것은 잔교 위에서
깜빡이는 단순한 녹색등에 지나지 않게 되어버렸
다. 그를 사로잡던 것 중의 하나가 줄어든 것이다.

비는 아직 내리고 있었지만 서쪽 하늘에는 검은
구름이 물러갔고 바다 위 하늘에서는 소용돌이치
는 자욱한 구름이 황금빛을 띠고 파도처럼 흔들리
고 있었다.

"저걸 봐요."

그녀가 목소리를 죽여 말했다.

"저 황금빛 구름을 하나 잡아서 당신을 그 위에

태우고 빙글빙글 돌려주고 싶어."

"아아, 그래, 좋은 수가 있지."

개츠비가 말했다.

"클립스프링거에게 피아노를 연주하게 합시다."

그는 '유잉!' 하고 부르면서 방을 나가, 몇 분 후에 조개껍데기로 만든 안경을 쓴 수척한 안색을 한 금발의 청년을 데리고 왔다. 그는 스포츠형 오픈 셔츠와 운동화를 신고 있었다.

"우리가 운동을 방해한 건 아닌가요?"

데이지가 정중하게 물었다.

"아니요, 자고 있었습니다."

클립스프링거는 허둥대며 대답했다.

"클립스프링거는 피아노를 연주해준답니다."

개츠비가 끼어들었다.

"그렇지, 유잉?"

"못해요, 잘 못합니다. 요즘에 전혀 연습도 안 했고……."

"아래층으로 갑시다!"

개츠비는 그의 말을 가로막았다.

살롱에 들어서자 개츠비는 피아노 옆의 전등만을 켰다. 그러고 나서 떨리는 손으로 데이지에게 담뱃불을 붙여주고는, 그녀와 함께 방 한쪽에 있는 긴 의자에 나란히 앉았다.

클립스프링거는 '사랑의 보금자리'를 연주한 뒤, 당황해하며 어둠 속에서 개츠비를 찾았다.

"연습을 전혀 하지 않았습니다. 못 친다고 아까 말했지요. 연습을 통 안 해서……."

"말을 너무 많이 하지 말게, 친구."

개츠비가 말했다.

"연주해!"

아침에도,

저녁에도,

우리에게 즐거움은 없네.

창밖에서는 바람소리가 거세지고 해변 쪽에서

는 희미하게 천둥소리가 들려왔다. 이제는 웨스트 에그의 모든 조명에 불이 들어오기 시작했다. 전기 기관차가 뉴욕에서 귀가를 서두르는 사람들을 태우고 빗속을 달려오고 있었다. 이제 사람들의 생활에 중요한 변화가 일어나는 시각이었고 그들 뜬 기분이 주위 공기를 흔들기 시작하였다.

오직 한 가지 분명한 것은
무엇보다도 분명한 것은
부자는 돈을 벌고
가난한 자는 자식을 얻네.
그러는 동안
그러는 사이에는…….

내가 작별인사를 하러 가까이 가자 개츠비의 얼굴에는 또다시 당황스러운 기색이 감돌았다. 그는 창조적인 정열을 품고 자기를 환상 속에 밀어 넣었고, 그것을 더욱 키워 나가면서 자기 생각대로 근사한 깃털을 주어와 환상에 장식해버렸던 것이다. 아무리 열렬한 정열이었다 해도, 아무리 청순한 순정을 가지고 있다 해도, 남자가 자기 가슴속에 키우고 있는 환상을 완전히 충족시킬 수는 없었다.

그는 데이지의 손을 잡았고 그녀가 뭔가 낮은 소리로 그의 귓전에 속삭이자 그는 갑자기 감정이 복받치는 듯 그녀 쪽을 향했다. 그녀의 뜨거운 목소리는 그가 꿈꿀 수 없을 만큼 매력적이었다. 데이지의 목소리는 멈추지 않는 생명력을 가진 음악이었다.

그래도 데이지는 얼굴을 내밀고 손을 내밀었다. 개츠비는 이미 나의 존재를 잊은 듯했다. 다시 한번 두 사람을 바라보자 그들도 나를 바라보았지만, 그것은 끓어오르는 생명에 마음을 빼앗긴 사람들이 보내는 의미 없는 시선이었다.

마침내 나는 두 사람을 남겨둔 채 서재를 빠져나와 대리석 돌계단을 내려와서 빗속으로 들어섰다.

제6장

어느 날 아침 뉴욕에서 온 한 야심만만한 젊은 신문기자가 개츠비의 저택을 방문한 일이 있었다. 그는 개츠비에게 말할 것이 없냐고 물었다.

"말할 것이라니, 무엇에 대해서 말입니까?"

개츠비는 정중하게 물었다.

"어떤 말씀이든 좋습니다. 대외적으로 발표할 성명서 같은 거라도요."

기자의 말에 의하면 신문사 주변에서 어떤 사건과 관련하여 개츠비의 이름을 듣고는 휴일이었는데도 불구하고 자발적인 탐구심에 끌려 뭔가를 '찾아내려고' 왔다는 것이었다.

신문기자의 직감은 옳았다. 개츠비의 환대를 받은 몇 백 명이나 되는 많은 사람이 소문을 퍼뜨리고 다녔기 때문에 그의 이름은 여러 의미로 유명해졌고, 드디어는 뉴스거리가 되어 있었다. '미국에서 캐나다까지 통하는 지하 파이프라인이 있더라'라는 현대판 전설이 자연스럽게 개츠비를 싸고 돌아다녔다. 아주 그럴듯하게 들리는 소문으로는, '그는 평범한 집에서 사는 것이 아니라 언뜻 보기에는 집처럼 보이는 배 안에서 생활하고 있고, 몰래 롱아일랜드 연안을 왕래하고 있다'는 것이었다. 이런 얘기들은 날조된 것이지만, 그것이 왜 노스타코타 주 출신의 제임스 개츠비에게 만족감을 주는지는 그 경위를 말하기 어렵다.

　　'제임스 개츠' 이것은 분명 그의 본명이며 법률상의 이름이었다. 그것을 그는 세상으로 나가는 첫발을 내디던 열일곱 살 때 바꾸어버렸다. 왜냐하면 그때 그는 댄 코디의 요트가 슈피리어 호수의 가장 위험한 여울에 닻을 내리고 있는 것을 보왔기 때문이다.

다 찢어진 초록색 셔츠에 돛의 천으로 만든 바지 차림으로 물가를 방황하고 있던 그는 아직 제임스 개츠였다. 하지만 보트를 빌려 코디의 요트까지 저어 가서, 그곳에 그대로 정박해 있다가는 폭풍을 만나 30분도 되기 전에 배가 산산조각날 것임을 코디에게 알려주었을 때, 그는 이미 '제이 개츠비'가 되어 있었다.

댄 코디는 당시 쉰 살이었다. 그는 네바다 주의 은광산이나 유콘 강, 그리고 그밖에 1875년 이래 거듭되던 모든 골드러시가 낳은 인물이었다. 그렇지만 그가 수백만 달러를 벌어들였던 몬타나 주의 구리광석 거래를 거듭하면서 육체적으로는 강인하지만 정신적으로는 유약한 구석이 있다는 것이 드러나게 되었고, 이를 눈치챈 여자들이 그로부터 돈을 긁어내 한 재산을 차지하기 위해 달라붙었다.

여성 신문기자였던 앨런 케이가 메잉트농 후작부인인 척 역할을 맡았다. 그녀가 코디의 유약함을 이용해 그를 요트에 태워 항해를 내보내게 된 자세한 뒷이야기가 1902년 출간되어 신문이나 잡지를 떠들썩하게 만들었다. 어쨌든 댄 코디는 5년에 걸쳐 어디서든 환영공세를 받으며 연안을 항해한 끝에, 제임스 개츠의 운명의 신이 되기 위해 리틀걸 만(灣)에 모습을 나타냈던 것이다.

개츠 소년의 눈에는 그 요트가 세계의 모든 아름다움과 매력을 대표하는 것처럼 보였다. 그는 분명히 코디에게 미소를 지어 보였을 것이다. 자신이 미소를 지으면 모든 사람이 호감을 갖는다는 사실을 알고 있었으니까. 여하튼 코디는 그에게 몇 가지 질문을 던졌는데, 그 질문 중 하나가 그의 새로운 이름을 탄생시켰다. 그리고 그는 그 소년이 머리 회전이 빠르고 보기 드문 야심가라는 것을 알게 되었다.

며칠 뒤, 그는 개츠비에게 청색 상의 하나와 흰 바지 여섯 벌 그리고 요트 모자를 하나 사주었다. 그리고 투올로미 호가 서인도 제도와 바바리 해안을 향해 출발했을 때 개츠비도 함께 떠났다.

분명하게 정해진 급료와 지위로 고용된 것은 아니었다. 코디를 따라다니는 동안에 그는 요트의 급사였는가 하면 선원 겸 선장이기도 했고, 동시에 비서이기도 했으며, 심지어 교도소의 교도관 노릇도 했다. 교도관 역할을 하게 된 이유는 댄 코디가 자신이 술에 취하면 얼마나 분별없는 행동을 하는지 잘 알고 있었기 때문이다. 그래서 코디의 그러한 예측하기 힘든 사태를 대비하며 자신의 행동을 개츠비의 판단에 맡기는 경우가 많아지게 되었고, 아울러 그에 대한 신뢰는 점점 더 쌓여갔다.

이런 상태는 5년 동안 계속되었다. 그동안 그의 요트는 미국 대륙을 세 번 순항했다. 어느 날 앨런 케이가 보스턴에서 투올로미 호에 올라탄 지 일주일 후 코디가 비정하게 죽는 사태가 발생하지 않았더라면, 그들의 항해는 계속되었을 것이다.

그 후 그는 코디에게서 2만 5000달러의 유산을 물려받았다. 그러나 그 돈은 그의 손에 들어오지 않았다. 어떠한 법률조항에 의해서 그렇게 되었는지 끝내 이해할 수 없었다. 하지만 나머지 몇 백만 달러의 유산은 고스란히 앨런 케이에게로 넘어갔다.

결국 개츠비에게 남은 것은 코디에게 받은 교육이었다. 제이 개츠비는 그 이후로 내적으로 강한 남자가 되어 있었다.

그가 이런 얘기를 내게 해준 것은 훨씬 뒤의 일이었지만, 여기에서 짚고 넘어가는 것은 그의 출신 배경에 관해 초기에 들었던 근거 없는 소문을 밝히고 싶었기 때문이다. 게다가 그가 과거를 이야기해주었을 때는 그에 대한 소문들이 진실인 것 같기도, 또는 거짓인 것 같기도 했다. 내가 혼란을 느끼던 시기였기 때문에 그는 이 이야기들을 내게 해주었다.

그 공백 기간 동안은 또한 내가 개츠비의 문제에 관여했던 것이 잠시 끊겼던 기간이기도 했다. 나는 그날 이후 몇 주 동안 그의 모습을 보지 못했고 전화 통화도 없었다. 그동안 난 뉴욕에 있었는데, 조던을 데리고 여기저기 다니거나 그녀의 나이 든 숙모의 기분을 맞추려고 노력하고 있었다. 그리고 마침내 어느 일요일 오후, 나는 개츠비의 집을 찾아갔다. 그런데 내가 도착한 지 2분도 채되기 전에 누군가 톰 뷰캐넌을 데리고 그곳으로 술을 마시러 왔다. 당연히 난 놀랐지만 생각해보면 지금까지 그런 일이 없었다는 것이 더 이상한 일이었을지도 모른다.

일행은 말을 탄 세 사람—톰과 슬로운이라는 남자 그리고 라벤더색 승마복을 입은 예쁜 여자—이었는데, 이 여자는 전에도 이곳에 온 적이 있었다.

"잘 오셨습니다."

개츠비가 현관 앞에서 말했다.

"만나 뵙게 되어 기쁩니다."

그는 마치 그들이 오기를 기다렸다는 듯이 말했다.

"자, 앉으십시오. 시가를 드릴까요, 담배를 드릴까요."

그는 하인들을 부르기 위해 종을 울렸다.

"곧 마실 것을 가져오도록 하겠습니다."

개츠비는 톰이 있다는 사실에 매우 동요하고 있었다. 그는 자기도 모르게 자주 톰을 힐끗 돌아보곤 하였다.

"레모네이드입니다. 한 잔 드시지요."

"아니, 괜찮습니다."

슬로운이 대답했다.

"그럼 샴페인을 하시겠습니까?"

"감사하지만 아무것도 마시고 싶지 않군요. 정말 괜찮습니다."

"그러시군요. 승마는 재미있었습니까?"

"이 주변의 길이 아주 좋더군요."

"자동차가 많을 텐데……."

"그렇더군요."

억누르고 있던 충동을 참지 못한 개츠비가 톰 쪽으로 몸을 돌렸다. 톰이 개츠비에게 아는 체를 안 하며 서 있었기 때문이었다.

"전에 분명 어디에선가 뵈었습니다만, 뷰캐넌 씨."

"아, 그랬나요."

하고 톰은 퉁명스럽지만 예의 바르게 대답했다. 그러나 그는 기억하고 있지 못하는 것 같아보였다.

"그랬었죠. 잘 기억하고 있습니다."

"2주 전이었지요."

"맞습니다. 여기 있는 닉하고 같이 있었죠."

"저는 당신 부인을 잘 알고 있습니다."

개츠비는 공격적인 태도로 말을 계속했다.

"그래요?"

톰을 나를 돌아보았다.

"닉, 자네 집이 이 근처지?"

"바로 옆집이야."

"그래?"

슬로운 씨는 우리의 대화에 끼어들지 않고 거만하게 의자에 몸을 기대고 있었다. 여자도 입을 열지 않았다. 그녀는 하이볼 두 잔을 마시고 나서야 말문을 열었다.

"개츠비 씨, 우리도 당신의 다음 파티에 갈 생각

191

인데, 팬찮나요?"

"물론입니다. 그래주시면 저야 영광이죠."

"친절하시군요."

슬로운 씨는 별로 고마워하지 않는 투로 말했다.

"이제 슬슬 돌아가야 할 시간 아냐?"

"너무 서두르지 마십시오."

개츠비는 말했다. 이미 안정을 되찾은 그는 톰을 좀 더 관찰하고 싶었던 것이다.

"팬찮으시다면 저녁식사라도 같이 하시지 않겠습니까? 어쩌면 뉴욕에서 다른 사람들도 올지 모르니까요."

"당신이야 말로 저희랑 같이 식사하러 가시죠."
하고 여자가 열심히 권유했다. 거기에는 나도 포함되어 있었다. 슬로운 씨가 자리에서 일어났다.

"그만 가지요."

그는 여자에게 말했다.

"진심이에요."

그러나 그녀는 미련을 버리지 못하고 자신의 제

안을 강조했다.

"충분히 자리가 있으니까요."

개츠비가 난감해하며 날 돌아봤다. 그는 가고 싶어 하는 것 같았다. 그러나 그는 슬로운 씨가 자신을 오지 못하게 하려는 걸 눈치채지 못했다.

"유감입니다만 나는 갈 수 없습니다."

내가 말했다.

"그럼 당신만이라도 오세요."

그녀는 개츠비에게 권했다.

슬로운 씨가 그녀에게 다가가더니 귓가에 대고 뭐라고 속삭였다.

"왜요, 지금 출발하면 늦지 않아요."

그녀는 목소리를 높여가며 우겼다.

"저는 말이 없습니다."

개츠비가 말했다.

"군에서는 늘 타고 다녔지만, 여기선 말을 사지 않았습니다. 전 차로 따라가지요. 잠깐 기다려주시겠습니까?"

우리는 현관으로 나갔고, 슬로운 씨는 여자 옆으로 다가가서 격한 어조로 말다툼을 하였다.

"맙소사, 저 친구가 진짜 오려는 거야?"

톰이 말했다.

"그녀가 정말로 데려가려는 게 아닌 걸 모르는 거야?"

"아까 그녀가 자기 입으로 왔으면 좋겠다고 말했잖아."

"그녀는 성대한 만찬을 열 예정인데 그곳에는 개츠비가 알고 있는 사람이 하나도 없을걸." 하고 그는 얼굴을 찡그렸다.

"그런데 저 친구는 어디서 데이지를 만난 거지? 내 생각이 구식인지는 모르지만, 요즘 여자들이 아무 데나 놀러 다니는 게 마음에 안 들어. 별의별 인간들과 만나게 되니까 말이야."

갑자기 슬로운 씨와 여자가 돌계단을 내려가더니 말에 올랐다.

"가자."

슬로운 씨가 톰에게 말했다.

"늦겠어, 이젠 돌아가야 해."

그리고 그는 내게 덧붙여 말했다.

"기다릴 수 없다고 하더라고 그 사람한테 전해
주시겠습니까?"

그리고 그들은 서둘러 차도로 달려 나갔다. 그
들의 모습이 사라진 순간, 개츠비가 나타났다. 톰
은 데이지가 홀로 놀러 다니는 사실에 불안해진
것 같았다.

다음 토요일 저녁 그는 개츠비의 파티에 데이지
를 데려왔다. 톰의 등장은 그날 개츠비의 파티를
독특하면서도 답답한 분위기로 몰아넣었다. 모인
사람들도 여느 때와 같았고, 샴페인의 홍수도 예
전 같았고, 여러 목소리가 어우러진 떠들썩한 소
동도 평상시와 다르지 않았다. 그러나 그날 밤엔
불쾌감이 가득했고 지금까지 없었던 험악한 분위
기가 전체적으로 퍼져 있었다.

톰과 데이지가 도착한 것은 황혼 무렵이었다.

나는 그들과 함께 현란한 군중 속을 한가로이 걷고 있었는데 데이지는 그녀 특유의 목소리로 속삭였다.

"이런 분위기는 내 가슴을 두근거리게 해요. 오늘 밤 나에게 키스하고 싶으면 언제든지 말해요. 상대해줄 테니까. 내 이름을 부르기만 하세요."

"여기저기 돌아보십시오."

개츠비가 권했다.

"네, 지금 보고 있어요. 정말 놀라운……."

"이름만 들어도 알 만한 유명한 사람들도 볼 수 있을 겁니다."

톰은 오만한 시선으로 군중을 돌아보았다.

"우리는 별로 돌아다니질 않아서."

그는 그렇게 말했다.

"사실대로 말하면 내가 아는 사람은 한 사람도 못 봤습니다."

"저 부인은 아마 아실 겁니다."

그렇게 말하고 개츠비는 흰 자두나무 아래에

앉아 있는, 화려하게 치장한 인간미가 없어 보이는 한 여자를 가리켰다. 톰과 데이지는 화면에서만 보아 오던 영화계의 유명 인사를 실제로 보았을 때의 그 묘하고 믿기 어렵다는 시선으로 그녀를 바라보았다.

"정말 아름답군요."

데이지가 말했다.

"그녀에게 몸을 굽히고 있는 사람은 그녀의 감독입니다."

개츠비는 사람들 사이를 돌아다니며 두 사람을 점잖게 소개했다.

"뷰캐넌 부인과…… 뷰캐넌 씨입니다."

그는 잠시 망설이다가 이렇게 덧붙였다.

"폴로 선수입니다."

"아, 선수가 아닙니다."

그러나 개츠비는 그 말에 대한 톰의 반응이 마음에 들었는지, 그날 밤 끝까지 그를 '폴로 선수'라고 사람들에게 소개했다.

"이렇게 유명 인사를 많이 만난 건 처음이야."

데이지가 큰소리로 말했다.

"저 남자가 마음에 들었어. 이름이 뭐라고 했더라? 어딘지 도덕적으로 엄격한 면이 있어서……."

개츠비는 데이지가 가리킨 남자의 이름을 말해 주고는 시시한 프로듀서라고 덧붙였다.

"그래도 어쨌든 저 사람이 마음에 들었어."

"나는 이제 폴로선수 역할을 그만두는 게 좋겠습니다."

톰이 유쾌한 듯 말했다.

"유명인들을 조용하게, 그러니까 남의 눈에 띄지 않는 입장에서 바라보는 편이 좋겠습니다."

데이지와 개츠비가 함께 춤을 추었다. 나는 그의 우아하면서도 조심스러운 폭스 트롯 스텝에 놀랐던 것을 지금도 기억하고 있다. 그때까지 나는 그가 춤추는 것을 본 적이 없었다.

두 사람은 천천히 내 집 쪽으로 걸어가 30분 정도 현관 앞 돌계단에 앉아 있었다. 나는 데이지의 부탁으로 개츠비의 정원에 남아서 감시 역할을 맡았다.

"혹시 불이 나거나 홍수가 나거나 천재지변이 일어나면 안 되니까."라고 그녀는 말했다.

우리가 저녁식사 테이블에 도착했을 때, 그때까지 소외되었던 톰이 모습을 나타냈다.

"저쪽 사람들과 같이 식사를 해도 괜찮겠소?"

그가 말했다.

"재미있는 얘기를 하는 사람이 있어서."

"그러세요."

데이지가 상냥하게 대답했다.

"주소 같은 것을 적어두고 싶으면 여기 금제 만년필을 쓰세요."

그녀는 잠시 둘러보더니 나에게 톰 옆에 앉아 있는 여자에 대해 말했다.

"그저 그런 여자지만, 예쁘네요."

그녀는 개츠비와 보낸 30분간을 제외하고는 이 파티를 즐겁게 생각하고 있는 것 같지 않았다. 우리 테이블에는 취한 사람이 특히 많았다. 나의 실수였다. 나는 그만 2주일 전에 동석하여 즐겁게 놀았던 사람들이 있는 곳에 앉았던 것이다. 그러나 그때 재미있게 들었던 이야기들을 다시 들으니 재미가 없었다.

"베데커 양, 기분이 어떠십니까?"

젊은 여성은 녹초가 되어서 내 어깨에 기대려 하였지만 마음대로 되지 않는 것 같았다. 내 질문에 눈을 떴다.

"뭐라고요?"

아까부터 데이지에게 내일 골프를 함께 치자고 하던 몸집이 크고 둔하게 생긴 여자가 베데커 양을 변호하고 나섰다.

"그녀는 이제 괜찮아요. 칵테일을 대여섯 잔 마시면 꼭 소리를 지르기 시작해요. 그래서 술을 끊어야 한다고 내가 말하곤 하는데."

"고함치지 않았어."

공허한 목소리로 베데커 양이 말했다. 의미 없

는 말로 좌중을 피곤하게 만들었다. 그날은 모든 것이 이런 식이었다.

마지막으로 내가 기억하고 있는 일은 데이지와 나란히 서서, 아까 만났던 영화감독과 배우의 모습을 지켜보던 일이다. 둘은 그때까지도 자두나무 아래에 있었는데, 서로의 얼굴은 금방이라도 닿을 만큼 가까웠고 가늘게 내리는 달빛만이 두 사람의 얼굴을 어루만지고 있었다. 그러는 동안에도 둘은 조금씩 더 움직였고 끝내는 그녀의 볼에 입술을 대는 것이 눈에 띄었다.

"난 저 여자가 좋아요."

데이지가 말했다.

"사랑스럽잖아요."

나머지 모든 사람은 데이지를 언짢게 만들었다. 그것은 이곳 사람들의 행동 때문이 아니라 이 지역의 어떤 분위기 때문이었다. 그녀는 웨스트에그의 이 전무후무한 저택에 두려움을 느꼈다. 이 지역 사람들이 예로부터 내려오는 예의 바른 말투를 따라하며 교양 있는 척하지만 그 안에서 느껴지는 왠지 모를 경박함과 내면에 꿈틀거리는 생생한 활력, 남에게 뒤질세라 앞다투어 지름길로 가려는 이 지역 주민들의 강렬한 힘과 의지, 그런 것에서 느껴지는 두려움이었다. 그녀는 자신으로서는 이해하기 어려운 소박함 속에서 어떤 무서운 것을 발견했던 것이다.

데이지 부부가 차를 기다리는 동안 나도 현관 앞 돌계단에 같이 앉아 있었다.

"그건 그렇고, 저 개츠비라는 사람은 뭐하는 작자야?"

갑자기 톰이 물었다.

"밀주업계의 거물인가?"

"어디서 그런 얘길 들었나?"

내가 물었다.

"들은 게 아니고 상상한 거야. 저런 벼락부자 중 대부분은 밀주판매업자 아닌가."

"개츠비는 아니야."

나는 무뚝뚝하게 말했다.

잠시 그는 입을 다물었다. 그의 발밑에 깔린 작은 자갈들이 소리를 냈다.

"아무튼 저렇게 구경거리가 될 만한 인간들을 모으느라고 그 작자도 꽤 고생했겠는걸."

"하지만 저 사람들은 우리가 알고 있는 사람들보다는 훨씬 재미있잖아요."

데이지가 열심히 변호했다.

"당신은 별로 관심 있어 보이지 않던데."

"아니에요, 재미있었어요."

톰은 웃으면서 내 얼굴을 보았다.

"자네, 아까 그 젊은 여자애가 냉수 샤워를 시켜달라고 부탁했을 때, 데이지의 표정을 봤나?"

데이지는 들려오는 음악에 맞춰 허스키하고 음률적인 입속말로 노래를 부르기 시작했다. 그녀는 한마디 한마디에 의미를 담아 노래를 했다. 그녀의 따뜻하고 인간적인 매력이 조금씩 대기 속으로 흘러가고 있었다.

"초대받지 않은 손님도 많이 왔어요."

문득 그녀가 그렇게 말했다.

"그 여자도 초대받았을 리가 없어. 저 사람은 마음이 약해서 남들이 오겠다는 걸 거절하는 것도 실례라고 생각하는 거예요."

"저 자의 정체에 대해 알고 싶어."

톰이 말했다.

"반드시 알아내고야 말테야."

"당장 제가 가르쳐줄게요."

그녀가 대답했다.

"그는 여러 개의 약국을 가지고 있어요. 혼자서 다 마련한 거래요."

좀처럼 오지 않던 리무진이 마침내 엔진 소리를 내며 달려왔다.

"잘 자요, 닉."

데이지가 말했다.

그날 밤 나는 늦게까지 남아 있었다. 개츠비가 기다려달라고 했기 때문이다. 그래서 나는 그의

204

정원을 한가로이 걷고 있었다. 마침내 개츠비가 돌계단을 내려왔을 때 그의 얼굴은 이상하게도 긴장되어 있었고 피로해 보였다.

"그녀는 오늘 파티를 좋아하지 않았지요?"

그는 나오자마자 물었다.

"그렇지 않아요."

"아니, 마음에 들어 하지 않았소. 그녀는 즐거워하지 않았어요."

그렇게 말하고는 입을 닫았다. 그 침묵은 말로 다 할 수 없는 그의 어두운 기분을 보여주는 듯했다.

"난 자꾸 데이지로부터 멀어지는 것 같은 느낌이 들어요. 그녀에게 내 마음을 이해시키기가 어렵군요."

그는 말했다.

"춤에 대해서 말하는 겁니까?"

"춤이라니요?"

그는 그날 밤 몇 번인가 추었던 춤을 한꺼번에 지워버리듯 손가락을 퉁겨 딱 소리를 내면서 말했다.

# 제7장

어느 토요일 밤, 나는 당시에 개츠비에 대한 호기심이 최고조에 달하고 있었다. 왜냐하면 언제부터인가 그의 저택에 있는 조명들에 불이 켜지지 않았기 때문이다. 벼락부자로서의 그의 파티는 그 시작도 애매했지만 이유도 알 수 없이 끝을 맺고 말았다. 몇 대나 되는 자동차가 기대에 차서 들어갔다가는 금방 다시 실쭉해져서 가버린 것을 나도 점차 알아차리게 된 것이다.

나는 개츠비가 어디 아픈가 싶어 그를 만나러 갔다. 이전에 본 적 없는 험상궂은 인상의 낯선 하인이 의심스런 눈빛으로 날 쳐다봤다.

"개츠비 씨는 어디 몸이 불편하십니까?"

"아니오."

그는 말을 내뱉고는 잠시 지나서 마지못해 '선생님' 하고 덧붙였다.

"요즘 만나 뵙지를 못해 걱정했습니다. 캐러웨이가 왔었다고 전해주시오."

"누구요?"

"캐러웨이요."

"캐러웨이? 알겠소. 전해드리지요."

그리고 그는 문을 쾅 닫았다. 우리 집 가정부 말에 의하면 개츠비는 일주일 전쯤에 고용인 모두를 해고하고 새로 여섯 명을 고용했는데, 그들은 상인들을 끌어들이면 안 된다는 이유로 여태까지 한 번도 웨스트에그 마을까지 나간 적이 없고 물품도 전화로 주문한다고 하였다. 동네 사람들의 공통된 의견은 새로 온 사람들은 하인들이 아니라는 것이었다.

다음 날 개츠비로부터 전화가 왔다.

"어디로 이사하십니까?" 하고 나는 물었다.

"아닙니다, 친구."

"고용인들을 모두 해고했다고 들었는데요."

"소문을 내지 않는 사람들을 두고 싶어서 그런 겁니다. 데이지가 자주 오니까. 오후에 말입니다."

그러니까 데이지의 불만 때문에 대저택 전체가 종이카드로 만든 집처럼 무너지고 만 것이다.

"이번에 들어온 사람들은 울프사임이 따로 일에 맞게 보내준 사람들입니다. 모두 형제자매지요. 전에는 작은 호텔을 경영했습니다."

"그렇군요."

그가 전화를 건 것은 데이지의 부탁 때문이었다. 나에게 내일 그녀의 집으로 점심식사를 하러 가지 않겠냐는 것이었다. 조던 베이커도 온다고 했다. 그리고 30분 후 데이지가 직접 전화를 걸어왔다. 그녀는 내가 가겠다고 하자 안심하는 눈치였다.

이튿날은 폭염으로 푹푹 찌는 무더운 날이었다. 아마도 이 여름의 마지막 더위가 될 가장 더운 날

213

이었다. 열차가 터널을 빠져나가 햇빛 속으로 뛰어들었을 때, 부글부글 끓는 듯한 한낮의 정적을 깨뜨리는 것은 오직 내셔널 비스킷 회사 공장에서 나는 요란한 정오 사이렌뿐이었다.

개츠비와 나는 뷰캐넌의 집 앞에서 안내를 기다리고 있었다. 안에서 전화벨 소리가 들려왔다.

"주인어른의 몸이요?"

하인이 수화기에 대고 외쳤다.

"죄송합니다만 부인, 그건…… 준비할 수가 없습니다. 오늘 낮은 너무 더워서 손을 댈 수가 없습니다!"

그러나 실제로 그가 한 말은 '네…… 네…… 알았습니다.'였다.

하인은 수화기를 내려놓고 땀에 젖은 얼굴을 번들거리며 우리에게 다가와 뻣뻣한 밀짚모자를 받아 들었다.

"부인께서 살롱에서 기다리십니다."

살롱은 차양으로 햇빛을 가려놓았기 때문에 약

간 어둡고 시원했다. 데이지와 조던은 긴 의자에 누워 있었다.

"움직이지도 못하겠어."

두 사람이 동시에 말했다.

조던은 햇볕에 그을린 피부에 흰 파우더를 바른 손을 잠시 내 손에 맡겼다.

"스포츠맨인 톰 뷰캐넌 씨는 안보이네요."

내가 물었다.

그 순간 홀에서 전화를 하는 무뚝뚝하고 쉰 목소리가 들려왔다.

개츠비는 주홍색 융단 한가운데 서서 멍하니 주변을 둘러보고 있었다. 데이지는 그런 그의 모습을 지켜보면서 그녀 특유의 매혹적인 웃음소리를 냈다.

"소문에 의하면 저 전화의 상대는 톰의 애인이래요."

조던이 작은 목소리로 속삭였다.

우리는 입을 다물었다. 톰의 목소리가 귀찮은

듯 화난 음성으로 변했다.

"그럼 좋아, 당신한테 차 파는 건 그만두기로 하지. 난 당신한테 빚진 게 없으니까. 그리고 점심식사 때 그런 일로 나를 방해한 것에 대해서는 용서하지 않겠어!"

"수화기를 내려놓고 우리 들으라고 일부러 하는 소리예요."

데이지가 빈정대며 말했다.

"아니, 그건 아니야." 하고 나는 그녀에게 말했다.

"저건 진짜 거래하는 거야. 내가 우연히 알게 되었거든."

문이 휙 열리더니 톰이 서둘러 들어왔다.

"여어, 개츠비 씨!"

그는 싫은 기색을 감추면서 그에게 큰 손을 내밀었다.

"잘 오셨습니다. 닉도……."

"시원한 음료 좀 만들어주세요."

데이지가 날카로운 목소리로 말했다.

남편이 다시 방에서 나가자 그녀는 개츠비에게
로 다가가서 그의 입술에 키스했다.

"내가 당신을 사랑하고 있는 거 알고 있죠?"

그녀가 속삭였다.

"여기 또 한 명의 숙녀가 있다는 걸 잊으면 곤
란해요."

조던이 말했다.

데이지는 정말 그런가 하는 투로 실내를 돌아
보았다.

"그럼 당신도 닉에게 키스해요."

"어머, 어쩜 그렇게 부끄러운 말을!"

"난 상관없어!"

바로 그때 유모가 작은 여자아이를 데리고 들
어왔다.

"내 귀중하고 소중한 아기."

데이지는 상냥하게 말하면서 두 팔을 벌렸다.

"사랑하는 엄마한테 와요."

아이는 곧장 뛰어가서 부끄러워하며 그녀의 드

레스 안으로 들어갔다.

"소중한 내 딸! 엄마 때문에 네 금발에 분이 묻지 않았니? 자, 똑바로 서서 '안녕하세요' 하고 말해야지."

개츠비와 나는 몸을 굽히며 스스럼없이 내민 소녀의 조그만 손을 잡았다. 개츠비는 놀란 시선으로 아이를 쳐다보고 있었다. 아마도 그는 지금까지 아이의 존재를 믿고 있지 않았는지 모른다.

"난 점심 먹기 전에 옷을 갈아입었어요."

아이는 그렇게 말하면서 데이지를 바라보았다.

"그건 엄마가 널 사람들한테 자랑하려고 그런 거야."

그녀는 딸의 작고 흰 목에 얼굴을 묻었다.

"넌 내 꿈이야, 작고 소중한 꿈."

"맞아요."

아이는 침착하게 그 말을 인정했다.

"조던 아줌마도 하얀 드레스를 입었네."

"너도 엄마 친구들이 마음에 드니?"

그렇게 말하면서 데이지는 딸의 몸을 돌려서 개츠비 쪽을 향하게 했다.

"저 아저씨들 멋지지 않니?"

"아빠는 어딨어요?"

"이 아인 제 아빠를 안 닮았어요."

데이지가 말했다.

"나를 빼닮았어요. 머리카락도 얼굴형도."

데이지는 가슴을 펴고 긴 의자에 다시 앉았다. 유모가 아이 손을 잡았다.

"가자, 패미."

"안녕, 내 아기."

예의 바른 아이는 가고 싶지 않은 듯 뒤를 돌아보았지만 유모의 손에 이끌려 방을 나갔다. 그때 톰이 가득 채운 얼음으로 달그락거리는 넉 잔의 진 리키를 들고 돌아왔다.

개츠비는 자기 잔을 잡았다.

"이거 정말 시원할 것 같습니다."

모두들 숨도 쉬지 않고 다 마셨다.

"자 이제 밖으로 나갑시다. 내 집을 보여주겠소."

톰이 붙임성 있게 말했다.

나도 그들과 함께 베란다로 나갔다. 뜨거운 열기로 탁해진 녹색 해협에 작은 요트 한 척이 바다를 향해 천천히 움직이고 있었다. 그 배를 눈으로 좇고 있던 개츠비가 손을 들어 건너편 만(灣)을 가리켰다.

"우리 집은 바로 저 건너편입니다."

"그렇군요."

조금 전의 요트가 푸르고 시원해 보이는 하늘을 배경으로 느리게 움직였고 그 앞에는 부채 모양의 바다와 풍요롭게 보이는 섬들이 있었다.

톰이 턱으로 그쪽을 가리키며 말했다.

"기분 전환에 좋겠군. 나도 저걸 타고 한 시간쯤 바다에 나가고 싶소."

우리는 점심식사를 하고, 시원한 맥주와 함께 불안한 즐거움을 쭉 들이켰다.

"우리 오늘 오후 뭘 하죠?" 하고 데이지가 소리

쳤다.

"그리고 내일, 모래는요? 30년 후엔 뭘 하죠?"

"소름끼치는 소리하지 마." 하고 조던이 말했다.

"가을이 오고 상쾌해지면 또다시 새로운 인생이 시작될 거야."

"하지만 너무 더워."

데이지는 금방이라도 울 것 같은 표정으로 말했다.

"그리고 모든 것이 너무 혼란스러워. 우리 모두 뉴욕으로 가요!"

그녀의 엉뚱한 제안은 더운 방 안의 열기와 부딪치며 점점 구체적인 계획으로 발전하고 있었다.

"마구간을 차고로 개조했다는 얘기를 들은 적이 있지만 말입니다."

톰이 개츠비에게 말했다.

"차고를 개조해서 마구간으로 만든 사람은 아마 내가 처음일 겁니다."

"뉴욕에 가고픈 사람은 누구예요?"

데이지는 아직도 끈질기게 묻고 있었다. 그런

그녀 쪽으로 개츠비가 고개를 돌렸다.

"어머!" 하고 그녀는 소리를 높였다.

"아주 멋지게 보여요."

두 사람의 시선이 마주쳤다. 잠시 동안 두 사람은 주변 사람들의 존재는 모두 잊고 가만히 서로를 바라보았다. 그녀는 마지못해 시선을 다시 테이블 위로 떨어뜨렸다.

"당신은 언제나 멋지게 보여요."

그녀는 같은 말을 되풀이했다.

그것은 사랑하고 있다고 말하는 것과 같았다. 톰 뷰캐넌은 그것을 알아차렸다. 그는 깜짝 놀랐다. 그는 당황한 표정으로 개츠비와 데이지를 번갈아 쳐다봤다.

"당신, 광고에 나오는 모델 같아요." 하고 그녀는 천진하게 말을 이었다.

"왜 예전에 광고에 나왔던 그 남자……."

"좋아!"

갑자기 톰이 끼어들었다.

"나는 뉴욕에 가는 거 찬성이야. 자, 가자고. 모두 가는 거야, 뉴욕으로!"

그는 일어났지만, 그의 시선은 여전히 개츠비와 자기 아내 사이를 빠르게 오갔다. 아무도 움직이는 사람이 없었다.

"가자고!"

그가 약간 울화를 터뜨렸다.

"도대체 어떻게 된 거야? 뉴욕에 가려면 일어나야 하잖아."

그는 자제하려고 노력하며 손을 떨면서 음료수를 입으로 가져갔다.

"이런 식으로 말예요? 우선 담배를 한 대 피우도록 내버려둘 순 없어요?"

"모두들 식사하는 동안 내내 피웠잖소?"

"하지만 재미가 없었어요."

데이지는 남편에게 간청하는 어조로 말했다.

"너무 더워서 말다툼도 못하겠어요."

그는 대답하지 않았다.

223

"그럼 당신 마음대로 하세요."

그녀는 그렇게 말하고 일어섰다.

"가자, 조던."

두 사람이 준비하러 2층에 올라가 있는 동안, 우리 세 사람은 저택에서 나와 차도에 서서 뜨거운 자갈들을 발로 굴리고 있었다.

"이곳에 마구간이 있습니까?"

개츠비가 물었다.

"이 길로 400미터 정도만 가면 있습니다."

"아하."

잠시 이야기가 끊겼다.

"뉴욕에 가자니, 무슨 생각인지……."

갑자기 톰이 화를 냈다.

"여자들이란 생각하는 것이 언제나……."

이때 2층 창에서 데이지가 외쳤다.

"마실 것 좀 가지고 갈까요?"

"내가 위스키를 가지고 가지."

그렇게 대답하고 톰은 집 안으로 들어갔다.

"친구, 난 저 사람 집에서는 아무 말도 못하겠어요."

"데이지가 경솔하게 외출을 제안해서 그래요."

내가 말했다. 그리고 덧붙이기 위해 말을 이었다.

"데이지의 목소리에는……."

"그녀의 목소리는 돈으로 가득 차 있어요."

갑자기 그가 이렇게 말했다.

그랬다. 그때까지 나는 깨닫지 못하고 있었지만 분명 돈으로 가득 찬 목소리였다. 파도치는 듯한 그녀의 목소리의 매력은 바로 그것이었다. 딸랑거리는 그 울림, 그 심벌즈의 노래, 그것은 돈의 소리였다. 높은 곳의 흰 궁전에 사는 공주, 황금의 여자…….

톰이 600밀리리터짜리 위스키 병을 수건으로 감싸 가지고 나왔다. 그 뒤를 데이지와 조던이 따라 나왔다.

"모두 내 차로 가시겠습니까?"

개츠비가 그렇게 말하고는 자동차 좌석의 뜨거운 녹색 가죽을 만져보았다.

"그늘에 세워두었으면 좋았을 걸."

"이 자동차는 기아 변속기가 표준입니까?"

"예."

"그럼 당신은 내 쿠페에 타십시오. 그리고 당신 차는 내가 운전하지요."

이것은 개츠비에게는 유쾌한 제안이 아니었다.

"휘발유가 많이 남아 있지 않을 거라고 생각합니다만."

그는 반대하며 말했다.

"휘발유는 충분합니다."

톰은 계량기를 들여다보며 말했다.

"그리고 휘발유가 떨어지면 약국에 들르면 되지 않습니까. 요즘엔 약국에서 뭐든지 살 수 있으니까."

너무나 어이없는 말이었기 때문에 모두가 입을 다물고 말았다. 데이지는 미간을 찌푸리고 톰을 보았다. 개츠비의 얼굴에도 뭐라고 말할 수 없는 묘한 표정이 스쳐갔다. 지금 그 말에는 개츠비를 비꼬려는 의도가 가득했기 때문이다.

"가자고, 데이지."

톰은 그녀를 개츠비의 자동차 쪽으로 데리고
갔다.

"당신을 이 서커스 마차에 태우고 가지."

그는 문을 열었다. 그러나 그녀는 그의 팔에서
빠져나갔다.

"당신은 닉과 조던과 함께 가세요. 난 쿠페로 뒤
를 따를 테니까요."

그녀는 개츠비에게로 다가가서 그의 옷을 매만
졌다. 톰과 조던과 나는 개츠비의 자동차 앞좌석
에 올라탔다. 톰이 낯선 차의 생소한 운전대를 잡
고 기어를 신중하게 넣었다. 우리는 앞으로 달렸
고 뒤에 남은 두 사람의 모습이 금방 시야에서 사
라졌다.

"저걸 보았나?" 하고 톰이 물었다.

그는 조던도 나도 처음부터 알고 있었다는 것을
깨닫고 예리하게 나를 쏘아보았다.

"자넨 날 미련한 놈으로 알고 있지. 그렇지 않나?"

그는 그렇게 떠나갔다.

"그럴지도 모르겠군. 그러나 내겐 육감 같은 것이 있어서, 그것이 때로는 내가 어떤 행동을 취해야 할지 가르쳐주지. 자넨 믿지 않겠지만……."

그는 입을 다물었다. 예상하지도 못했던 사건이 그의 생각을 붙잡아서 휘두르고 있었다.

"나는 개츠비에 대해 조사를 좀 해봤지."

그는 말을 이었다.

"진작 알았더라면 더 깊이 파고들 수도 있었는데."

"점쟁이에게라도 갔다 왔다는 얘기예요?"

조던이 익살스럽게 물었다.

"뭐? 점쟁이?"

"개츠비의 일로 말이에요."

"개츠비의 일로? 아니야. 그런 짓은 하지 않아. 난 그저 과거를 좀 조사했던 것뿐이야."

"그래서 그 사람이 옥스퍼드 출신이라는 것을 알게 되었군요."

조던은 위로하듯이 말했다.

"옥스퍼드?"

그런 말도 안 되는 것을 믿겠냐는 말투였다.

"말도 안 돼! 녀석은 핑크색 옷을 입고 다니는 놈이야."

"어쨌든 그는 옥스퍼드 출신이에요."

"뉴멕시코에 있는 옥스퍼드 말인가?"

톰은 경멸하듯 코웃음을 쳤다.

"그럼 그런 거짓말쟁이를 왜 식사에 초대했지요?"

조던이 짓궂게 물었다.

"데이지가 부른 거야. 데이지는 우리가 결혼하기 전부터 그자를 알고 있었던 거야. 어디서 어떻게 알게 되었는지는 내가 알 바 아니지만!"

나는 문득 휘발유에 대한 개츠비의 걱정이 생각났다.

"뉴욕까지 가기엔 충분해."

톰이 말했다.

"하지만 저쪽에 주유소가 있잖아요."

조던이 이의를 제기했다.

"난 이런 미친 더위 속에서 오도 가도 못하는 상황이 온다면…… 생각만으로도 끔찍해요."

톰은 급브레이크를 밟으며 월슨의 가게 앞에 급정거했다. 잠시 후 주인이 나타나 움푹 들어간 눈으로 자동차를 살폈다.

"휘발유를 넣어줘!"

톰이 거칠게 외쳤다.

"뭣 때문에 차를 세웠다고 생각하나? 경치라도 보려고?"

"몸이 좀 아파서요."

월슨은 움직이지 않고 그렇게 말했다.

"어떻게 된 거야?"

"기운이 하나도 없어요."

"그럼 내가 직접 넣을까?"

톰이 다그쳤다.

"전화했을 때 아무 일 없는 것처럼 그러지 않았나?"

월슨은 기대고 있던 문의 그늘을 나와서 괴로운

듯 숨을 몰아쉬며 휘발유 탱크 뚜껑을 비틀었다. 햇빛에 나온 그의 얼굴은 몹시 창백했다.

"당신을 방해할 생각은 없었습니다."

윌슨이 말했다.

"하지만 돈이 필요한 일이라서요. 당신이 그 낡은 차를 어떻게 하실지 궁금해서요."

"이 차는 어때? 지난주에 샀는데."

톰이 물었다.

"멋진 노란색 차군요."

윌슨은 괴로운 듯 펌프 핸들을 계속 돌리면서 말했다.

"사겠어?"

"큰 모험입니다."

윌슨은 희미한 미소를 지었다.

"아니오, 하지만 저쪽 차라면 돈을 좀 벌 수 있겠습니다."

"왜 갑자기 돈이 필요하지?"

"이곳에 너무 오래 있었어요. 떠나고 싶어요. 서

부로 가볼 생각입니다."

"자네 처도 말인가?"

놀란 듯 톰의 목소리가 높아졌다.

"그 여자는 10년 전부터 떠나자고 했어요."

그는 손으로 햇빛을 가리면서 주유소 펌프에 기대어 잠시 쉬었다.

"이번엔 그 여자가 가고 싶어 하지 않아도 데리고 갈 생각입니다. 이곳에 둘 순 없어요."

쿠페가 흙먼지를 일으키며 우리 앞을 휙 지나갔다. 차 안에서 손을 흔드는 것이 보였다.

"얼마지?"

험악한 어조로 톰이 물었다.

"전 말이죠. 이틀 전에 좀 수상쩍은 사실을 알게 되었어요."

윌슨이 말했다.

"그래서 여기를 떠나고 싶은 생각이 들었습니다. 차 때문에 누를 끼친 것도 그 이유 때문이었죠."

"얼마야?"

"1달러 20센트입니다."

더위 때문에 내 머리도 어떻게 되어버렸는지 혼란스러워진 나는, 윌슨이 의심하고 있는 자가 톰이 아니라는 것을 깨닫기까지 죄책감을 느끼고 서 있었다.

윌슨은 머틀이 자기와는 다른 세계에서 별개의 생활을 하고 있다는 것을 깨닫고, 그 충격으로 병에 걸려버린 것이었다. 나는 톰을 바라보았다. 톰도 한 시간 전에 이와 똑같은 경우를 당했다.

"아까 얘기한 차는 자네한테 팔지."

톰이 말했다.

"내일 오후에 넘겨주겠네."

이 지역은 오후 태양이 구석구석까지 비치는 시간에도 뭔지 모르게 불안한 느낌이 드는 곳이었다. 나는 등 쪽에 어떠한 시선이 꽂히는 것 같아서 돌아보았다. 잿더미 사이로 T. J. 에클러스 의사의 눈동자가 우리를 지켜보고 있었다. 그리고 우리를 바라보는 다른 시선도 있었다.

월슨의 가게 2층 창문 커튼이 약간 옆으로 밀려 있었고, 부인인 머틀 월슨이 그 사이로 우리를 내려다보고 있었다. 그녀는 완전히 마음을 빼앗기고 있었기 때문에 내가 자기를 보고 있다는 것을 전혀 알지 못하는 듯했다. 그리고 그녀의 얼굴에는 여러 가지 감정이 스쳐갔다. 낯설지 않았다. 그것은 여자들에게서 자주 볼 수 있는 표정이었다. 그러나 곧 나는 질투와 공포로 휘둥그레진 그녀의 눈이 톰이 아니라 조던 베이커에게 고정되어 있음을 알았다. 조던 베이커를 톰의 아내라고 생각하는 모양이었다.

톰은 혼란스러웠다. 차를 몰고 가면서 닥쳐오는 채찍질을 피하는 듯한 초조감이 들었다. 아내와 정부가 온 힘을 다해 그의 손아귀를 벗어나려고 하고 있었다. 그는 본능적으로 데이지를 쫓아가면서 동시에 월슨을 뒤로하려고 가속페달을 밟았다. 드디어 고가 철도의 교각 사이에서 한가롭게 달리고 있는 파란색 쿠페가 시야에 들어왔다.

"50번 도로 근처의 큰 영화관은 시원하지요." 하고 조던은 말을 꺼냈다.

"난 모든 사람이 모습을 감춰버리는 뉴욕의 여름 오후가 좋아요. 관능적이잖아요. 완전히 무르익었다는 느낌 말이에요."

'관능적'이라는 말이 점점 톰의 불안감을 고조시키는 결과가 되었다. 그가 뭐라고 트집을 잡을 틈도 없이 쿠페가 멈춰 섰고, 데이지가 오라고 손짓했다.

"우리 어디로 가는 거예요?"

그녀는 큰 소리로 말했다.

"영화를 보는 게 어때요?"

"너무 더워요."

그녀는 불평을 했다.

"당신들은 가려면 가세요. 우린 드라이브나 하다가 나중에 갈 테니까요."

"여기서 그런 걸 의논하고 있으면 어떻게 해!"

235

뒤에 있던 트럭이 요란하게 경적을 울려대자 톰이 신경질적으로 소리쳤다.

　"날 따라서 센트럴 파크 남쪽으로 와. 플라자 호텔 앞쪽으로 갈 거야."

　가는 도중에 몇 번이고 뒤를 보며 두 사람의 차를 찾았다. 그리고 차가 막혀서 늦기라도 하면 두 사람의 차가 눈에 보일 때까지 속력을 늦추었다. 분명히 톰은 두 사람이 다른 도시로 달려가서 그대로 영원히 그의 삶속에서 사라져버리는 것이 아닐까 염려했을 것이다.

　그러나 그들은 그렇게 하지 않았다. 우리는 플라자 호텔 스위트룸의 응접실을 빌렸다.

　그 방으로 부산스럽게 들어갈 때까지 우리가 싫증도 안 내며 계속 떠들어대었던 대화를 난 기억하지 못한다. 땀방울이 끊임없이 등을 타고 흘러내리던 일은 그 느낌마저 생생히 기억하고 있지만 말이다.

　호텔 방을 빌리자는 제안은 데이지가 욕실을

236

다섯 개 빌려 차가운 물에 목욕을 하자는 엉뚱한 제안을 한 데서 시작되었다. 그리고 마침내 '민트 줄렙을 마실 수 있는 곳'이라는 보다 구체적인 제안을 하게 된 것이다. 우리는 서로 그런 행동은 '미친 짓'이라고 계속 말했다. 우리가 카운터 앞에서 일제히 그렇게 떠들어댔기 때문에 당황한 호텔 직원은 우리가 장난을 치고 있다고 생각하는 것 같았다.

방은 크기는 했지만 답답했다. 벌써 4시나 되었는데도 창문을 열자 공원으로부터 뜨거운 숲속의 열기가 훅 밀려들어왔다. 데이지는 거울 앞으로 가서 등을 보이며 머리를 매만졌다.

"아주 근사한 방이로군요."

몹시 감탄한 듯 조던이 작은 소리로 말했기 때문에 모두 웃고 말았다.

"창문을 하나 더 열어봐요."

데이지가 돌아다보지도 않고 말했다.

"더 열 창문이 없어."

"그럼 프런트에 전화를 걸어 도끼라도 가져오라고 해야겠군요."

"문제는 더위를 잊는 거야."

톰이 데이지에게 신경질적으로 말했다.

"불평은 열 배는 더 더워지게 하고 말 거야."

그는 수건으로 감싸 가지고 온 위스키 병을 테이블 위에 놓았다.

"부인을 그냥 내버려두세요, 친구." 하고 개츠비가 말했다.

"뉴욕에 오고 싶어 한 사람은 당신이잖소."

잠시 말이 끊겼다. 못에 걸려 있던 전화번호부가 스르르 빠져서 바닥에 툭 떨어졌다. 순간 조던이 작은 소리로 말했다.

"어머, 죄송해요."

그러나 이때는 아무도 웃지 않았다.

"내가 줍지요."

내가 나섰다.

"아니, 그럴 필요 없습니다."

개츠비는 전화번호부를 주워 의자 위에 던졌다.

"당신은 멋진 표현을 쓰는군, 그렇지 않소?"

톰이 날카롭게 말했다.

"뭘 말입니까?"

"친구라고 하는 말버릇 말이오. 도대체 어디서 그런 말을 배웠소?"

"이것 봐요, 톰."

데이지가 말했다.

"인신공격을 시작할 거라면, 난 지금 당장이라도 이곳을 나갈 거예요. 전화해서 민트 줄렙에 넣을 얼음이나 주문하세요."

마침 그때 아래층 댄스홀에서 멘델스존의 〈결혼 행진곡〉의 장엄한 합주가 들려왔다.

"이렇게 더운 날 결혼식이라니!"

조던이 생각만으로도 질린다는 표정으로 말했다.

"내가 결혼한 것도 6월 중순이었어."

데이지가 옛날을 생각했다.

"6월의 루이빌에서! 누군가 기절한 사람이 있었

239

는데, 그게 누구였죠, 톰?"

"빌록시."

그가 무뚝뚝하게 대답했다.

"맞아요. 빌록시라는 사람이었어. 블록스(말장난
으로 한 별명인데, 블록은 덩어리라는 뜻이 있다) 빌록시
였지. 상자를 만드는 사람이었어. 맞아 그랬어. 그리
고 그는 정말로 테네시주 빌록시 출신이었지."

"모두 그 사람을 우리 집으로 데리고 왔었죠."
하고 조던이 거들었다.

왜냐하면 우리 집은 교회에서 두 번째 집이었으
니까요. 그 사람은 3주일이나 우리 집에 있었고 결
국에 아빠가 나가 달라고 했지요. 그런데 그 사람
이 나간 바로 다음 날 우리 아빠가 돌아가셨어요."

그녀는 잠시 말을 끊었다가 "서로 관련이 있는
건 아니었지만." 하고 덧붙였다.

"멤피스 출신의 빌 빌록시라면 나도 알고 있는
데." 하고 내가 말했다.

"빌 빌록시가 그 사람의 사촌이에요. 그 사람이

우리 집에서 나갈 때까지 자기 일가친척의 경력을 다 들려주었어요. 내가 지금까지도 사용하고 있는 알루미늄 골프채도 그가 준 거예요."

결혼식이 끝나고 마지막으로 댄스가 시작되었는지 떠들썩한 재즈음악 소리가 들려왔다.

"우리도 나이가 들었군요." 하고 데이지가 말했다.

"젊었다면 이 자리에서 춤이라도 추었을 텐데."

"빌록시를 잊지 말아요."

조던이 타이르듯 데이지에게 말했다.

"톰, 당신은 어디서 그 사람과 알게 되었어요?"

"빌록시 말이야?"

그는 기억을 더듬었다.

"난 그런 사람 모르는데, 그건 데이지의 친구였으니까."

"아니에요."

데이지가 부정했다.

"난 그때 그 사람을 처음 만났어요. 그 사람 당신이 전세 낸 객차에 타고 왔잖아요."

"그 사람이 당신을 안다고 말했어. 루이빌에서 자랐다는데, 에이서 버드가 마지막 순간에 그를 데리고 와서 자리가 있느냐고 물었지."

조던은 미소를 지었다.

"아마 그 사람은 무전여행을 하면서 고향으로 돌아가는 길이었을 거예요. 나한테는 자기가 예일 대학 시절엔 당신의 학과에서 대표를 했다고 했어요."

톰과 나는 기가 막혀서 얼굴을 마주 보았다.

"빌록시가?"

"우선 우리 과에선 대표 같은 건 없었어."

톰이 갑자기 개츠비에게 시선을 돌렸다.

"그런데 말이오, 개츠비 씨. 당신 옥스퍼드 출신이라면서요?"

"엄밀하게는 그렇지 않습니다."

"아니, 분명 옥스퍼드에서 공부했다고 들었는데요."

"네, 배우기는 했습니다만."

잠시 얘기가 끊겼다. 그러자 마침내 톰이 불신

242

과 경멸 섞인 목소리로 말했다.

"아무래도 당신은 빌록시가 예일 대학에 다니고 있었을 때쯤 옥스퍼드에 다니셨던 모양입니다."

또다시 얘기가 중단되었다.

그때 웨이터가 노크를 하고 잘게 부순 얼음과 박하를 가지고 들어왔다. 그가 "감사합니다."라는 인사말과 함께 조용히 문을 닫고 나갈 때까지 침묵은 깨어지지 않았다. 마침내 중대한 사실이 상세히 밝혀지게 될 순간이었다.

"아까도 말했듯이 난 옥스퍼드에 다녔습니다."

개츠비가 말했다.

"그건 들은 얘기고, 하지만 그때가 언제였는지 알고 싶소."

"1919년이었습니다. 나는 5개월 정도 머물렀지요. 그래서 엄밀하게 옥스퍼드 졸업생이라고 할 수 없는 겁니다."

톰은 그가 품은 의혹이 우리에게도 나타나고 있는지를 보려고 우리 얼굴을 재빠르게 살폈다. 그러나 우리는 모두 개츠비를 지켜보고 있었다.

"휴전 후에 정부는 장교 몇 명에게 그런 기회를 주었지요."

개츠비는 말을 이었다.

"영국이나 프랑스 어느 대학이든 갈 수 있었습니다."

나는 그의 등을 두드려주고 싶은 심정이었다. 전에도 경험한 일이지만, 또다시 그에 대한 완전한 신뢰감을 확인하는 순간이었다. 데이지는 희미한 미소를 띠고 일어나서 테이블로 걸어갔다.

"톰, 위스키를 열어주세요."

그녀는 그렇게 시켰다.

"내가 민트 줄렙을 만들어줄게요. 그럼 당신이 그렇게 바보 같아 보이지 않을 거예요. 이 박하 잎을 봐요!"

"잠시 기다려." 하고 톰은 그녀를 제지했다.

"또 한 가지 개츠비 씨에게 묻고 싶은 게 있소."

"하시지요."

개츠비는 정중하게 말했다.

"도대체 당신은 우리 집에서 무슨 소동을 일으키려고 하는 겁니까?"

마침내 마음을 드러내자 개츠비는 만족하는 듯했다.

"소동을 일으키는 건 그가 아니에요."

데이지는 어찌할 바를 모르며 두 사람을 번갈아 쳐다보았다.

"싸움을 거는 건 당신 쪽이에요. 부탁이니까 좀 자제심을 가져요."

"자제심이라고!"

톰은 그 말을 되풀이했다.

"어디서 온지도 모르는 놈이 자기 아내를 꼬드기고 있는데도 가만히 두라고? 그게 최신 유행인가, 당신 생각도 그래? 요즘 사람들은 가정생활과 가족제도에 코웃음치는데, 다음 단계는 그런 경향에 휩쓸려서는 백인과 흑인의 잡혼이라도 하게 할 건가?"

톰은 마치 자신이 서구 문명의 마지막 요새를 사수하기라도 할 것처럼 흥분했다.

"여기 있는 사람들은 모두 백인이잖아."

조던이 속삭였다.

"좋아. 나도 나 자신이 별로 인기가 없다는 것을 잘 알고 있어. 성대한 파티도 열지 않고 친구를 만들기 위해서는 자기 집을 돼지우리처럼 만들지도 않아. 돼지우리, 그게 바로 우리 시대 현주소가 아냐!"

다른 사람들과 마찬가지로 나도 화가 나 있었지만, 그가 입을 열 때마다 웃음이 나왔다. 방탕아에서 청교도적인 인간으로의 전환이 너무나도 볼 만했기 때문이다.

"친구, 당신에게 하고 싶은 말이 있습니다만……."

개츠비가 말을 꺼냈다. 데이지는 그의 의도를 알아차렸다.

"부탁이에요, 그만두세요!"

데이지는 어찌할 바를 모르며 가로막았다.

"이젠 모두 집으로 돌아가요. 부탁이에요."

"그게 좋겠어."

이렇게 말하고 나는 일어섰다.

"가세, 톰. 아무도 술을 마시고 싶어 하는 사람이 없는 것 같군."

"당신 부인은 당신을 사랑하지 않습니다."

개츠비가 말했다.

"지금껏 사랑한 적이 없어요. 부인은 나를 사랑하고 있어요."

"당신, 미쳤군!"

톰은 반사적으로 소리를 질렀다.

개츠비도 흥분하여 벌떡 일어났다.

"부인은 한 번도 당신을 사랑하지 않았습니다. 알겠습니까?"

그는 큰 소리로 말했다.

"당신과 결혼한 건 내가 가난뱅이였기 때문이고, 나를 기다리다 지쳤기 때문입니다. 그건 큰 실수이긴 했지만, 그러나 마음속으로는 나 이외의 어떤 사람도 사랑한 적이 없습니다!"

　조던과 나는 돌아가려고 했다. 그러나 톰도 개
츠비도 돌아가지 말라고 고집했다. 그들의 얘기를
듣는 사람이 되어서 그들과 감정을 함께 나누는
것이 우리의 특권이라도 되는 듯한 말투였다.

　"데이지, 앉아 있어."

　톰은 애써 아버지가 딸에게 말하는 투로 얘기하
려고 했지만 잘되지 않았다.

　"도대체 무슨 일이 있었던 거요? 숨기지 말고
말해줘."

　"무슨 일이 있었는지는 벌써 말했잖습니까?" 하
고 개츠비는 말했다.

　"5년간 계속되어 온 일이오. 당신은 몰랐던."

　톰은 데이지 쪽을 날카로운 눈길로 노려봤다.

　"당신, 이 작자하고 5년 전부터 만나고 있었던
거야?"

　"만나고 있었던 건 아니오."

　개츠비가 말했다.

248

"우리는 만날 수 없었소. 그러나 친구, 우리는 서로 사랑하고 있었지. 당신은 몰랐지만 말이오. 난 당신이 모른다는 걸 생각하고는 때때로 웃었지요."

그러나 그의 눈에 웃음기는 없었다.

"그래, 그것뿐인가."

톰은 성직자들이 하듯 손가락 끝을 맞대고는 의자 등받이에 기댔다.

"당신은 미쳤어!"

그의 감정이 갑자기 폭발했다.

"5년 전의 일에 대해서는 난 말할 자격이 없어. 그땐 데이지를 알지도 못했으니까. 그런데 지금 당신이 어떻게 데이지에게 접근할 수 있었는지 모르겠군. 부엌문으로 식료품 배달이라도 했나. 하지만 그 외의 것은 모두 거짓말이야. 데이지는 날 사랑해. 나를 사랑해서 결혼한 거야."

"아니오."

개츠비가 고개를 저으며 말했다.

"아니, 내 말이 맞아. 문제는 때때로 그녀가 어리

249

석은 생각에 빠져 바보 같은 짓을 하고는 자기가 무슨 짓을 했는지조차 모르는 경우가 있다는 거지."

마치 철학적 진단을 내리듯 그는 고개를 끄덕거렸다.

"그리고 말이야, 나도 데이지를 사랑하고 있어. 때론 좀 탈선해서 어리석은 일을 벌이지만, 언제나 난 본래의 모습으로 돌아왔어. 그리고 마음속으로는 늘 데이지를 사랑하고 있고."

"뻔뻔하군요." 하고 데이지가 말했다. 그녀는 나를 돌아보며 말했다.

"닉, 우리가 어째서 시카고로 옮겨왔는지 알아요?"

낮은 목소리에 소름 끼칠 정도의 경멸을 담아 톰에게 말했다.

"당신이 말하는 그 조그만 탈선이라는 걸 시카고 신문에서 크게 떠들지 않아서 정말 놀랐어요."

개츠비는 그녀 옆으로 갔다.

"데이지, 이제 그런 일들은 모두 끝났어."

그는 진지하게 말했다.

"그런 건 문제가 아니야. 단지 진실만을 저 남자에게 들려줘. 당신이 저 사람을 사랑한 적이 단 한 번도 없었다고. 그리고 모든 것이 깨끗이 지워져 버렸다고 말이야."

그녀는 멍하니 개츠비를 쳐다봤다.

"내가 저런 사람을 어떻게 사랑할 수가 있겠어. 어떻게 그럴 수 있겠어?"

"당신은 저 사람을 사랑한 적이 없었어."

그녀는 계속 망설였다. 그리고 호소하는 듯한 시선으로 조던과 나를 보았다. 마치 이제야 자기가 하고 있는 행동을 깨달았다는 듯이, 처음부터 이런 행동을 할 생각이 없었다는 듯이 보였다. 그러나 이제는 이미 때가 늦어버렸다.

"난 저 사람을 사랑한 적이 없어요."

주저하는 기색을 보이면서도 그녀는 그렇게 말했다.

"카리롤라니에서도?"

갑자기 톰이 물었다.

"그래요."

아래층 댄스홀에서 숨 막히는 합주가 뜨거운 공기의 파도를 타고 올라왔다.

"펀치 볼에서 구두가 젖지 않도록 당신을 안고 내려갔던 그날도 말이야?"

톰의 목소리는 강경했지만 또한 부드러움이 배어 있었다.

"데이지, 정말 그래?"

"그만둬요."

그녀의 목소리는 냉정했다. 그러나 분노는 이미 사라지고 없었다.

그녀는 개츠비를 쳐다보았다.

"제이, 이걸로 됐어요?"

그녀가 말했다. 하지만 담뱃불을 붙이는 그녀의 손은 떨리고 있었다. 갑자기 그녀는 담배와 타고 있는 성냥을 양탄자 위에 집어던졌다.

"아아, 당신은 정말 너무 많은 걸 요구해요!"

그녀는 흐느껴 울기 시작했다.

"예전에는 저 사람을 사랑했어. 하지만 당신도 사랑했어."

개츠비는 눈을 감았다.

"나도 사랑했다는 거야?"

그는 그녀의 말을 되풀이했다.

"그것도 거짓말이야."

톰은 비웃기라도 하는 듯 말했다.

"그녀는 살아 있다는 것도 몰랐으니까. 그리고 데이지와 나 사이에는 당신 따위는 절대로 있을 수 없는 일들이 있었어. 우리 두 사람이 언제까지나 잊을 수 없는!"

이 말은 개츠비의 몸을 물어뜯는 듯했다.

"데이지와 둘이 얘기하고 싶소."

개츠비가 말했다.

"둘이서만 얘기한다 해도 내가 톰을 사랑한 적이 없다고는 말할 수 없어."

그녀는 가녀린 목소리로 말했다.

"그런 말을 하면 거짓말이 되어버리고 말아."

"물론 거짓말이지." 하고 톰도 말했다.

그녀는 남편 쪽을 쳐다보았다.

"마치 당신한테 문제가 되기라도 한 것처럼 나서는군요."

"물론 문제가 되지. 난 앞으로 당신을 잘 보살펴줄 거야."

"당신은 상황을 잘 모르고 있군요."

개츠비가 당황하는 기색을 보이며 말했다.

"당신은 이미 이 사람을 보살펴줄 필요가 없습니다."

"필요가 없다니?"

톰은 눈을 크게 뜨고 웃었다. 그는 이제 자신을 통제할 여유가 생긴 것 같았다.

"그것은 왜 또 그렇소?"

"데이지는 당신과 헤어질 테니까."

"바보 같은 소리."

"하지만 난 떠날 거예요."

데이지가 괴로워하며 말했다.

"데이지는 나와 헤어지지 않아!"

톰의 말이 돌연 거세어졌다.

"손가락에 끼워줄 반지조차도 남의 것을 훔쳐야 하는 그런 하찮은 사기꾼 때문에 헤어질 순 없는 거지."

"너무 심해. 더 이상 참을 수 없어!"

데이지가 외쳤다.

"부탁이니까 여기서 나가요."

"도대체 넌 뭐하는 놈이야?"

톰이 고함쳤다.

"마이어 울프사임과 함께 놀아나는 패거리 아냐? 우연히 나도 알았지. 네 신변을 조사했어. 내일은 좀 더 자세히 조사해볼 생각이야."

"그런 일이라면 마음대로 하십시오. 그건 당신 자유니까."

개츠비는 흔들림 없이 말했다.

"난 당신의 '약국'이 무엇인지 그 정체도 알아냈지."

그렇게 말하고는 톰은 우리 쪽으로 몸을 돌리더니 재빨리 소리쳤다.

"이자와 울프샤임이라는 자는 이곳과 시카고 골목길에 있는 약국을 매수해서 공공연히 에틸알코올을 판매했지. 그게 이자의 사업이야. 처음 만났을 때 나는 밀주 판매라도 하는 게 아닌가 하고 의심했는데, 역시나 제대로 들어맞았어."

"그게 어쨌다는 겁니까?"

개츠비는 정중한 어조로 말했다.

"당신 친구인 월터 체이스는 거기에 끼는 것을 별로 부끄럽게 여기는 것 같지 않던데요."

"하지만 당신은 그자를 못 본 체 했잖소. 당신은 그자가 뉴저지에서 한 달간 감옥에서 썩도록 내버려두었지. 흥! 월터가 당신에 대해서 뭐라고 말하는지 들려주면 좋을 텐데."

"그 사람이 우리한테 왔을 때는 무일푼이었습니다. 그리고 돈을 좀 벌더니 몹시 날뛰더군요, 친구."

"나를 친구라고 부르지 마!"

톰은 날카롭게 외쳤다.

개츠비는 아무 말도 하지 않았다.

"월터는 널 도박법 위반으로 고소할 수도 있었지만, 울프사임이 협박하는 바람에 입을 다물었어."

개츠비의 얼굴에는 낯설면서도 어디서 본 것 같은 표정이 떠올라 있었다.

"그 약국 같은 건 잔돈벌이에 지나지 않았지."

톰은 차분히 말을 이었다.

"그러나 당신은 지금 월터도 무서워서 나한테 말할 수 없는 그런 일을 하고 있는 것 같던데."

나는 데이지를 살폈다. 그녀는 무서운 듯 눈을 크게 뜨고 개츠비와 톰을 번갈아 보고 있었다. 조던은 뭔가 흥미 있는 물건을 턱에 올려놓고 떨어뜨리지 않으려고 균형을 잡고 있는 것처럼 보였다. 개츠비에게 시선을 돌렸을 때, 나는 그의 표정을 보고 섬뜩 놀랐다. 그의 표정은 마치 '살인을 한 적이 있는' 사람의 얼굴이었다.

그 표정이 사라지자 그는 데이지에게 흥분된

어조로 이야기했다. 그는 모든 것을 부정했다. 그러나 그러면 그럴수록 그녀는 점점 안으로 움츠러들었기 때문에, 마침내는 그도 단념할 수밖에 없었다.

데이지가 다시 한 번 집에 가자고 간청했다.

"부탁이에요, 톰! 난 이제 더 이상 참을 수 없어요."

겁에 질린 그녀의 눈은, 지금까지 그녀가 가졌던 의지와 용기가 사라져버렸다는 것을 보여주고 있었다.

"데이지, 당신들 두 사람은 집으로 출발해요."

하고 톰은 말했다.

"개츠비 씨의 차로 말이오."

데이지는 경계심을 갖고 톰을 보았지만, 톰은 아량이 넓은 듯한 말투로 계속 주장했다.

"빨리 가, 이자는 이제 당신을 곤란하게 하지 않을 거야. 분수도 모르는 구애는 이제 끝났다는 것을 깨달았을 테니까."

두 사람은 아무 말 않고 일어났다.

잠시 후 톰은 뚜껑을 따지 않은 위스키 병을 다시 수건으로 싸기 시작했다.

"이거 필요하지 않나, 조던? 닉은?"

나는 대답하지 않았다.

"닉?" 하고 그는 재차 물었다.

"뭘?"

"마시겠냐고."

"아니, 오늘이 내 생일이라는 게 생각났어."

나는 그날 서른이 되었다. 내 앞에는 10년이라는 어쩐지 두려운 세월이 위협하듯 기다리고 있었다.

우리가 톰과 함께 쿠페를 타고 롱아일랜드로 출발한 것은 7시경이었다. 톰은 즐거운 듯 웃으면서 계속 떠들어댔다. 그의 목소리는 우리에게는 소음으로밖에 들리지 않았다. 우리는 그들의 비극적인 언쟁을 뒤로 사라져 가는 가로등 불빛처럼 흐려져 가는 채로 내버려두었다.

서른 살, 앞으로 예상되는 고독한 10년. 독신 친구의 숫자는 줄어들고, 정열도 엷어져 가고, 머리카락도 줄어들 것이다. 그러나 내 곁에는 조던이 있었다. 차가 어두운 다리 위를 달릴 때 창백한 그녀의 얼굴이 천천히 내 어깨에 기대어 왔다. 그리고 나를 격려하려는 듯 내 손을 꼭 잡아주었다. 그 덕분에 서른 살의 내 충격은 사라져버리고 말았다.

이렇게 해서 우리는 서늘하게 변하는 황혼 속을 지나 죽음을 향해 질주하고 있었다.


잿더미 옆에서 식당을 하는 젊은 그리스인 미카엘리스는 사인을 규명할 때에 중요한 목격자였다. 그는 낮잠을 잔 후 차량 정비소까지 갔다가 조지 윌슨이 사무실에서 앓고 있는 것을 발견했다. 미카엘리스는 그에게 자리에 눕는 것이 낫겠다고 말했지만, 윌슨은 그러면 손님을 놓치게 된다며 말을 듣지 않았다. 그때 머리 위에서 굉장한 소리가 들려왔다.

"내가 아내를 2층에 가둬 놓았네."

윌슨이 태연하게 말했다.

"모레까지 저렇게 가둬둘 거야. 그리고 그때 둘이 여길 떠날 거야."

미카엘리스는 놀랐다. 그들은 4년이나 이웃에 살았지만 윌슨이 그런 말을 할 사람이라고는 전혀 생각하지 않았던 것이다.

그는 늘 지쳐 있었으나, 누군가 말을 걸면 형식적이나마 붙임성 있는 미소를 지었다. 그는 아내가 시키는 대로 하는 사람이었고, 아내에게 해를 가할 사람이 아니었다.

그래서 더더욱 미카엘리스는 무슨 일이 있었는지 알아내려고 했지만, 윌슨은 한 마디도 하지 않았다. 오히려 미카엘리스에게 의심의 눈초리를 보내며 어느 날 어느 시각에 무엇을 하고 있었느냐고 물었다.

미카엘리스가 기분이 상하기 시작한 그때, 몇 명의 노동자가 그 앞을 지나 자기 식당 쪽을 걸어가는 것이 보였다. 그는 나중에 다시 와볼 생각으로 일단 그곳을 떠났다. 7시가 조금 지나서 다시 밖으로 나온 그는 아까 윌슨과 나누던 대화를 생각해냈다. 머틀 윌슨의 목소리가 들렸기 때문이었다. 그녀는 차고 아래층 방에서 시끄럽게 욕설을 퍼붓고 있었다.

"때릴 테면 때려 봐!" 하고 그녀는 외쳤다.

"때려 눕혀 봐. 이 비열한 겁쟁이야!"

잠시 후 그녀는 소리를 지르면서 어두운 밖으로 뛰쳐나갔다. 그리고 미카엘리스가 가게 문을 나서기도 전에 그 사건은 끝나버렸다.

신문에서 그렇게 떠들어댄 '죽음의 자동차'는 멈추지 않았다. 어둠 속에서 나타나 한순간 비극적으로 비틀거리더니 그대로 모퉁이를 돌아 모습을 감췄던 것이다. 미카엘리스는 자동차 색깔도 잘 기억하지 못했다. 맨 처음의 경관에게는 밝은 계열의 녹색이라고 말했다. 뉴욕 쪽으로 향하고 있던 또 한 대의 차가 100미터쯤 앞에 정차했다. 그 운전사가 황급히 뛰어 돌아와 머틀 윌슨의 생명이 무참하게 사라져버린 지점으로 다가갔다. 그곳에는 그녀에게서 나온 검붉은 피가 흙먼지와 뒤범벅되어 있었다.

미카엘리스와 그 운전사가 제일 먼저 그녀에게 달려간 사람이었는데, 둘이 땀에 젖은 그녀의 블라우스를 찢어 숨을 쉴 수 있게 열어보니 미동도 없이 왼쪽 젖가슴이 축 늘어져 있었다. 그래서 그녀의 심장이 뛰는지 귀를 대볼 필요조차 없다는 것을 알았다.

우리가 그 사고 현장에서 약간 떨어진 곳까지 왔을 때, 서너 대의 차와 사람들이 멈춰 서 있는 것이 눈에 들어왔다.

"사고 났군!"

하고 톰이 말했다.

"잘됐어. 마침내 윌슨도 할 일이 생기겠지."

윌슨의 가게 앞이었고 사람들이 심각한 표정을 짓고 있는 것을 본 톰은 무의식적으로 브레이크를 밟았다.

"보러 가세."

나는 그때 가게 안에서 분명치 않게 흘러나오는 힘없는 울음소리를 들었다. 그 소리는 고통스럽게 헐떡거리면서 '오오, 하느님! 오오, 하느님!' 하고 몇 번이고 되풀이하며 호소하고 있었다.

"뭔가 심각한 사고 같은데."

톰이 흥분된 소리로 말했다.

그는 발돋움하여 사람들의 머리 너머로 안을 들여다보다가 "헉!" 하는 놀란 소리와 함께 건장한 팔로 난폭하게 사람들을 비집고 안으로 들어갔다. 뒤로 밀려났던 사람들은 투덜거리면서 다시 모여들었다. 톰은 우리 쪽으로 등을 돌린 채 꼼짝도 않고 시체를 굽어보고 있었다.

나는 앞을 볼 수 없었다. 그런데 구경하기 위해 밀려들어오는 사람들 틈으로 조던과 내가 떠밀려 앞으로 가게 되었다.

머틀 윌슨의 시신은 담요에 감싸여 있었다. 그리고 문기둥을 붙잡고 몸을 앞뒤로 흔들고 서 있는 윌슨의 모습이 눈에 들어왔다. 누군가가 그에게 말을 걸면서 그의 어깨를 두드렸지만 윌슨은 그것이 전혀 느껴지지 않는 것 같았다. 그의 시선은 걸려 있는 전등을 떠나 시체가 놓인 작업대로 천천히 내려갔다가 다시 전등으로 시선을 돌렸다. 그러면서 그는 끊임없이 날카롭고 기분 나쁜 목소리로 외치고 있었다.

"오오, 하느님! 오, 하느님! 오오오, 하느님!"

그의 옆에서는 경관 한 사람이 땀을 흘리면서 작은 수첩에 뭔가를 적고 있었다.

마침내 톰은 고개를 들어 흐릿한 시선으로 가게 안을 돌아본 후, 중얼거리듯 잘 들리지 않는 말을 경관에게 속삭였다.

"엠-에이-브이."

경관은 누군가의 이름을 받아 적는 중이었다.

"오-."

"아니, 아르-" 하고 상대방 남자는 정정했다.

"엠-에이-브이-아르-오."

"내 말 좀 들어봐요!"

톰이 화난 목소리로 말했다.

"아르란 말이죠?" 하고 경관이 말했다.

"그리고, 오-"

"저-."

경찰관은 '저-' 하고 따라 말하다가 갑자기 얼굴을 들었다. 톰이 그 넓적한 손으로 그의 어깨를 쳤기 때문이다.

"당신 뭐요?"

"어떻게 된 거요? 알고 싶소."

"자동차에 치었소. 즉사요."

"즉사!"

톰은 멍하니 그 말을 되풀이했다.

"그녀가 도로로 뛰어들었을 때, 그 자식은 차를 세우지도 않았어."

"차는 두 대였습니다." 하고 미카엘리스가 말했다.

"뉴욕에서 오던 것과 뉴욕으로 가던 것이었죠."

"어느 방향으로 갔습니까?"

경관이 빈틈없이 물었다.

"각각 양 방향으로 갔습니다. 그런데 그녀가 갑자기……." 하고 그는 메틀을 덮고 있는 담요 쪽으로 향해 손을 반쯤 쳐들었다가 그만두고 다시 손을 내렸다.

"부인은 그곳으로 뛰어나갔습니다. 그래서 뉴욕 쪽으로부터 시속 50~60킬로미터로 달려오던 차와 그대로 부딪쳤습니다."

"여기 마을 이름은 어떻게 되죠?"

경관이 물었다.

"이름 같은 건 없습니다."

흑인 한 사람이 경관 가까이로 왔다.

"그건 노란색 차였습니다."

"큰 노란색 차였지요. 새 차였습니다."

"사고를 목격했습니까?"

하고 경관이 물었다.

"아니오. 하지만 그 차가 이 앞에서 나를 스쳐 지나갔으니까요. 50킬로미터 이상의 속도로 아니,

267

60이나 70킬로미터로."

"이쪽으로 와서 당신의 이름을 말해주시오. 자, 모두 방해하지 마시오. 이 사람의 이름을 받아 적어야 하니까요."

이런 대화가 윌슨의 귀에도 들어갔음에 틀림없었다. 괴로워하면서 신음하던 그에게서 갑자기 새로운 말이 튀어나왔다.

"어떤 차인지 말해줄 필요 없어! 난 어떤 차인지 알고 있으니까!"

톰의 어깨 뒤쪽의 근육이 옷 밑에서 굳어지고 있는 듯했다. 그는 윌슨 옆으로 다가가 양팔을 꽉 잡았다.

"자네, 진정 좀 하게!"

그는 무뚝뚝한 목소리로 말했다.

윌슨이 톰의 얼굴을 보았다. 윌슨은 놀라서 펄쩍 뛰어올랐다가 톰이 부축하지 않았다면 주저앉았을지도 몰랐다.

"이것 봐."

톰은 그의 몸을 흔들면서 말했다.

"나는 지금 뉴욕에서 오는 중이었어. 우리가 전부터 얘기하던 그 쿠페를 가지고 온 거야. 오늘 오후에 운전하던 그 노란 차는 내 것이 아니야. 듣고 있나? 그 차는 그때부터 내내 보지도 못했어."

그의 말이 들릴 정도로 가까이 있던 사람은 그 흑인과 나뿐이었지만, 경관도 그 어조에서 뭔가를 느낀 모양인지 예리한 시선으로 이쪽을 보았다.

"그게 다 무슨 소리요?"

그는 물었다.

"나는 이 사람의 친구입니다만."

톰은 머리만 그쪽으로 향하고 양손은 윌슨을 꼭 잡고 있었다.

"이 사람은 그 문제의 차를 알고 있다고 말하고 있습니다만……. 노란색 차라고요?"

경관은 수상한 눈초리로 톰을 보았다.

"당신의 자동차 색은 뭡니까?"

"파란색입니다, 쿠페지요."

269

"우리는 뉴욕에서 막 오는 길입니다." 하고 내가 말했다.

누군가 우리 바로 뒤를 달려온 사람이 그것을 입증해 주었다. 그래서 경관은 우리에게 관심을 거두고 다시 흑인에게 다가갔다.

"자, 아까 하던 얘기나 다시 해주시오. 당신의 이름은 뭡니까?"

톰은 윌슨을 인형처럼 안아 일으켜 사무실 안으로 옮겨 의자에 앉히고 돌아왔다.

"누군가 저쪽에 가서 저 사람 곁에 붙어 있어주시오."

톰은 위엄 있게 명령조로 말했다. 제일 가까이에 있던 두 남자가 서로 바라보더니 마지못해 사무실로 들어갔다. 이어서 톰은 문을 닫고, 시체가 누워 있는 작업대에서 눈을 피하면서 사무실 계단을 내려왔다.

"나가세."

톰은 거만한 태도로 앞장서서 팔로 사람들 사이

를 열어주었다. 그래서 우리는 군중 속을 무사히 빠져나와 밖으로 나왔다. 30분 전에 부른 의사가 왕진 가방을 들고 급하게 달려오는 모습이 보였다.

톰은 사고가 났던 모퉁이를 지날 때까지 천천히 차를 몰았다. 그러나 그다음부터는 힘차게 가속 페달을 밟았고, 쿠페는 어둠 속을 뚫고 질주하기 시작했다. 낮게 흐느끼는 소리가 들렸다. 톰의 얼굴에서는 눈물이 흐르고 있었다.

"겁쟁이 같으니!"

그는 울면서 말했다.

"그 자식은 차를 세우지도 않고 뺑소니를 쳤어!"

어느덧 차는 집 앞에 도착했다. 톰은 차에서 내려 2층 창문을 올려다보았다. 담쟁이덩굴 사이로 불이 켜져 있는 두 개의 창문이 보였다.

"데이지가 돌아와 있는 모양이군."

톰은 나를 돌아보고는 잠시 얼굴을 찡그렸다.

"닉, 자네를 웨스트에그에 내려주었어야 했는데, 오늘 밤은 내가 할 수 있는 일이 아무것도 없군."

톰에게서 변화가 느껴졌다. 아까와는 달리 차분하고 단호한 말투였다.

"나는 전화로 자네를 태워줄 택시를 부를 테니까, 차를 기다리는 동안 조던과 함께 부엌에 들어가서 가벼운 식사도 만들어 달라고 해."

그리고 그는 현관문을 열었다.

"들어오게."

"아니, 괜찮네. 하지만 택시는 불러주면 좋겠네. 밖에서 기다리겠어."

조던이 내 팔을 잡았다.

"들어가지 않겠어요, 닉?"

"아니, 괜찮소."

나는 기분이 좀 좋지 않아서 혼자 있고 싶었다. 그러나 조던은 잠시 주저하고 있었다.

"아직 9시 30분밖에 안 됐어요."

그녀가 말했다.

나는 그 집으로 들어갈 기분이 아니었다. 그들에게 하루 동안 견디기 힘들 정도로 시달렸다. 조

던도 날 피곤하게 만든 사람들 중 하나였다. 그녀
도 내 표정에서 그런 기분을 알아차렸을 것이다.
그녀는 갑자기 발을 돌려 집 안으로 들어가버렸
다. 집 안에서 하인이 전화로 택시를 부르는 소리
가 들렸다. 나는 문 옆에서 기다릴 생각으로 천천
히 정원을 따라 바깥쪽으로 걸어갔다.

그때 관목 숲 사이에서 날 부르는 소리가 들렸
다. 개츠비가 갑자기 길로 뛰어나왔다.

"여기서 뭐하고 있는 겁니까?"

내가 물었다.

"그냥 서 있을 뿐입니다, 친구."

나는 그의 행동에서 비열함이 보이는 듯했다.
무언가 감추려 한다는 느낌을 받았기 때문이다.

"오는 도중에 무슨 사고를 보지 못했습니까?"

잠시 후 그는 그렇게 물었다.

"보았습니다."

그는 머뭇거리다가 다시 입을 열었다.

"그 여자 죽었습니까?"

"그렇습니다."

"그럴 거라고 생각했습니다. 데이지에게도 그렇게 말했습니다. 충격은 한꺼번에 받는 게 나으니까요. 데이지는 아주 잘 견뎌냈습니다."

그의 말은 데이지의 반응만이 중요하다는 말투였다.

"나는 샛길로 웨스트에그까지 갔습니다." 하고 그는 말을 이었다.

"차는 우리 집 차고에 두고 왔습니다. 아무도 보지 않았을 거라고 생각하지만, 단언할 순 없습니다."

나는 이미 그가 견딜 수 없이 싫었기 때문에 그의 추측이 틀렸다고 말해줄 기분도 나지 않았다.

"그 여자는 누굽니까?"

"이름은 머틀 윌슨. 남편이 그곳 정비소 주인입니다. 도대체 어쩌다 그렇게 된 겁니까?"

"글쎄요, 핸들을 돌리려고 했는데……."

그러다가 그는 말을 끊었는데, 그 순간 나는 어떻게 사고가 난 건지 알게 되었다.

"데이지가 운전하고 있었습니까?"

"그렇습니다."

잠시 망설인 끝에 그는 그렇게 말했다.

"그러나 물론 내가 했다고 말할 것입니다. 실은 뉴욕을 나올 때 그 사람은 아주 흥분해 있어서, 운전이라도 하면 기분이 나아질 거라고 생각했습니다. 그런데 우리가 반대편에서 오던 차와 스쳐 지나는 바로 순간에, 그 여자가 우리를 향해 달려 나왔습니다. 모두 순간적으로 일어난 일이긴 했지만, 내가 보기엔 그 여자는 우리를 아는 사람으로 착각하고, 뭔가 말하고 싶은 것이 있어서 뛰쳐나온 것처럼 보였습니다. 어쨌든 처음에 데이지는 그 여자를 피해서 마주 오던 차 쪽으로 핸들을 틀었지만, 너무 놀라서 바로 원래대로 돌려버렸습니다. 내 손이 닿는 순간 부딪치는 충격을 느꼈습니다. 분명히 그 자리에서 죽었을 겁니다."

"그 여자는 몸이 찢겨서……."

"아, 그만해요 친구."

275

그는 움찔하며 말했다.

"하여튼 데이지는 페달에서 발을 떼지 않았습니다. 내가 멈추게 하려고 해도 멈출 수가 없었습니다. 그래서 나는 비상 브레이크를 밟았지요. 그러자 그녀는 내 무릎에 맥없이 쓰러져버렸고, 내가 운전을 계속 했습니다… 데이지는 내일이면 괜찮아질 겁니다."

그는 잠시 후 말을 이었다.

"난 여기서 오늘 이 불쾌한 사건으로 저 남자가 데이지를 괴롭히지 않나 감시할 생각입니다. 데이지는 자기 방문을 잠그기는 했지만, 만약 톰이 난폭한 짓을 하려 들면 전등불을 껐다 켰다 하기로 약속했습니다."

"톰은 데이지를 건드리지 않을 거예요."

내가 말했다.

"지금은 그녀의 일 같은 건 관심이 없을 테니까."

"그 사람은 믿을 수가 없습니다, 친구."

"언제까지 지켜볼 생각입니까?"

"밤새도록."

나는 생각이 복잡해졌다. 운전하고 있던 사람이 데이지라는 것을 톰이 안다면 어떻게 될까. 그렇게 되면 그는 뭔가를 생각해낼 것이 분명했다. 집 쪽을 보니 아래층에는 두세 개의 창문에만 불이 켜져 있고, 2층 데이지의 방에서는 핑크색 불빛이 흘러나오고 있었다.

"여기서 기다리시오."

내가 말했다.

"소란스러운 기미가 있는지 보고 올 테니까."

나는 잔디밭 가장자리를 따라 자갈길을 가로질러 베란다 계단을 올라갔다. 응접실 커튼은 열려 있었고 안에는 아무도 보이지 않았다. 나는 조금 더 안쪽으로 들어가 보았다. 주방에서 가까운 작은 창문의 블라인드 틈 사이로 내부가 보였다.

데이지와 톰은 식탁에 마주 앉아 있었다. 식탁에는 닭튀김 한 접시와 맥주 두 병이 놓여 있었다. 톰은 데이지에게 끊임없이 무슨 얘기를 하고 있고,

자연스럽게 한 손을 그녀의 손 위에 놓고 토닥이고 있었다. 가끔씩 데이지는 얼굴을 들어 그를 쳐다보며 동의를 하는 듯 고개를 끄덕였다.

두 사람이 행복해 보이지는 않았다. 두 사람 다 닭튀김이나 맥주에는 손도 대지 않았다. 그러나 그렇다고 해서 불행해 보이는 것도 아니었다.

내가 베란다를 다시 내려왔을 때, 내가 타고 갈 택시가 어두운 길을 따라 천천히 달려오는 소리가 들렸다. 개츠비는 그대로 나를 기다리고 있었다.

"이상 없던가요?"

그는 걱정스럽게 물었다.

"네, 아무 이상 없습니다."라고 말한 후, 나는 잠시 주저했다.

"집에 가서 잠시라도 눈을 붙이는 게 좋지 않겠습니까?"

그는 고개를 흔들었다.

"나는 데이지가 잘 때까지 여기서 기다리고 있겠습니다. 잘 가시오, 친구."

그렇게 말하고 그는 몸을 돌려 데이지의 집 쪽으로 향했다. 나는 달빛 아래 서 있는 그를 남겨두고 그곳을 떠났다.

제8장

나는 그날 밤 내내 잠을 이루지 못했다. 그 대신 이상한 현실과 잔혹하고 무서운 꿈 사이를 가슴 답답하게 넘나들며 조금은 아픈 상태로 몸을 뒤척였다. 새벽이 다가왔을 때, 개츠비가 저택으로 들어가는 소리가 들렸다. 나는 침대에서 곧바로 일어나 옷을 갈아입었다. 뭔가 그에게 일러둘 말이 있을 것 같았고, 아침이면 이미 늦을 것 같은 생각이 들었기 때문이다.

　그의 저택 잔디밭을 가로질러 가보니 현관문은 아직 열려 있었다. 개츠비가 의기소침하게 테이블에 기대어 있는 것이 보였다.

"아무 일도 없었습니다."

그가 힘없이 말했다.

"4시쯤 데이지가 창가로 와서 1분 정도 서 있더니 결국 불을 끄더군요."

이날 밤만큼 그의 집이 크다는 것을 실감한 적은 없었다. 왜냐하면 담배를 찾으려고 이 방 저 방을 돌아다녀야 했기 때문이다. 큰 천막 같은 커튼을 헤치고 어둠 속에서 전등 스위치를 찾기 위해 사막같이 넓은 벽을 더듬어야만 했다. 그리고 가는 곳마다 이상할 정도로 먼지가 쌓여 있었다. 방마다 며칠씩이나 환기를 시키지 않은 것처럼 곰팡이 냄새도 났다. 겨우겨우 담뱃갑을 발견했는데 그 안에는 메마른 담배 두 개비가 있었다. 우리는 응접실의 문을 활짝 열고 어둠 속으로 담배 연기를 뿜어 보냈다.

"이곳을 떠나야만 합니다." 하고 나는 말했다.

"곧 당신 차가 발견될 걸 확신해요."

"어디로 말입니까, 친구?"

"일주일쯤 애틀랜틱 시티나, 그렇지 않으면 몬
트리올에 가 있도록 하세요."

그는 아무 말도 하지 않았다. 데이지의 생각이
어떠한 것인지를 알기 전까지 그녀 곁을 떠나는
건 상상할 수도 없는 듯 보였다. 그는 마지막 희망
에 매달려 있는 것 같았고, 나도 그를 거기서 떼놓
을 수가 없었다.

그가 댄 코디와 함께 보낸 젊은 날의 이야기를
내게 들려준 것은 이날 밤이었다.

'제이 개츠비'란 이름이 톰의 심한 악의에 부딪쳐
마치 유리처럼 부서져버렸기 때문에 오랫동안의 연
극도 더 이상 감출 필요가 없었다. 그러나 그가 말
하고 싶어 했던 것은 데이지에 관한 일이었다.

그녀는 그가 만난 최초의 '아름다운' 여자였다.
그의 눈에는 그녀가 가슴 두근거릴 정도로 호감이
갔다. 그녀의 집에 처음에는 테일러 병영의 다른
장교들과 함께 갔지만, 나중에는 혼자서 갔다. 그
집은 그에게 경이로움이었으며, 그렇게 아름다운

집에 들어가보는 건 난생처음이었다. 더욱이 그를 매료시키는 건 그 집에 데이지란 아름다운 여인이 살고 있다는 진실이었다.

집 안 전체에서 풍요로운 신비감이 느껴졌다. 싱싱한 꽃들이 활짝 웃는 무도회같이 향기가 가득한 신선하고 생기 있는 로맨스가 감추어져 있을 것이라는 상상을 불러일으켰다. 데이지에게 마음을 빼앗긴 남자가 많다는 사실 또한 그의 정열을 자극했다.

그러나 그는 자신이 데이지의 집에 발을 들여놓은 것이 어쩔 수 없는 우연에 지나지 않는다는 사실을 알고 있었다. 무일푼의 청년에 불과했고, 지금 정체를 감추고 있는 군복이 언제 어느 때에 어깨에서 벗겨질지 모르는 형편이었다. 따라서 그는 현재라는 시기를 최대한 이용했고, 손에 들어오는 것은 무엇이든 주저하지 않고 탐욕스럽게 손에 넣었다. 결국은 데이지도 어느 10월의 평화로운 밤에 차지했다. 실제로 그는 그녀의 손을 잡을 권리

조차 없었다. 그렇기 때문에 더욱 그녀를 얻으려
고 했다.

자기 자신을 경멸할 수도 있었을 것이다. 분명
히 거짓으로 그녀를 차지했기 때문이다. 그러나
돈이 많은 백만장자인 척하며 자신을 속였던 것은
아니다. 그는 다른 식으로 그녀에게 어떤 안정감
을 갖게 만들었다. 상류사회 출신이고, 충분히 그
녀를 돌봐줄 수 있는 능력이 있는 사람이라고 믿
게 했다. 사실 그에게 그런 능력이 있을 리가 없었
다. 배경이 되어줄 만한 유복한 가족이 있는 것도
아니었다. 그는 그저 정부가 하라는 대로 세계 어
느 곳으로 쫓겨 갈지도 모르는 비참한 신세였다.

그러나 그는 자신을 경멸하지 않았고, 또한 일
의 전개도 그의 예상대로 흘러가지는 않았다. 아
마 그는 손에 넣을 수 있는 것은 손에 넣고 도망갈
생각이었을 것이다.

그도 데이지가 보기 드문 여자라는 것을 알고
있었지만, '양갓집의 여자'가 얼마나 유별난 존재

가 될 수 있는지는 몰랐다. 그녀는 어느새 자신의
화려한 집으로, 유복한 생활 속으로 모습을 감춰
버렸다. 그래서 결국 개츠비에게 남은 것은 아무
것도 없었다. 순간적으로 그녀와 결혼한 것 같은
기분이 들었지만, 그것뿐이었다.

개츠비는 부(富)라는 것이 얼마나 젊음과 신비
를 지속시켜주는 것인지, 의상이 많다는 것이 얼
마나 신선한 느낌을 주는 것인지를 통감했다. 데
이지가 가난뱅이의 필사적인 고군분투 따위로부
터 멀찍이 떨어져서 초연하게 은처럼 빛나는 존재
라는 것을 뼈아프게 느꼈던 것이다.


"나는 나 자신도 그녀를 사랑하고 있다는 사실
을 알고 얼마나 놀랐는지, 한동안은 차라리 그녀
가 날 버려주었으면 좋겠다고 생각했지요. 그러
나 그녀는 나를 버리지 않았습니다. 그녀도 날 사
랑하고 있었으니까요. 그녀는 내가 자기와는 다른
세계의 일을 알고 있다는 사실 때문에 나를 대단

한 사람이라고 생각했습니다. 어쨌든 그렇게 해서 더 깊은 사랑에 빠져버렸고, 이젠 어떻게 된든 상관없다는 기분이 되어버렸지요. 내가 앞으로 성취하려고 하는 것을 그녀에게 들려주는 것만으로도 즐거운 시간을 보낼 수 있었는데, 그걸 버리고 위대한 일을 성취한다고 해서 무슨 소용일까 싶었던 것입니다."

그가 파병을 떠나기 전날 오후, 그는 데이지를 껴안고 오랫동안 말없이 앉아 있었다. 그날은 쌀쌀한 가을날이었다. 실내에는 난로불이 타고 있었고, 그녀의 뺨은 달아올라 있었다. 그날 오후는 다음 날 예정되어 있던 이별을 위해 깊은 추억으로 새겨두었다. 그들이 사랑을 나눈 한 달 중 그날만큼 서로 가까운 적은 없었고, 그날만큼 깊게 서로 마음이 통한 적도 없었다.

그는 전쟁에서 빛나는 공훈을 세웠다. 전선으로 가기 전에는 대위였지만, 아르곤 전투 후에는 소령으로 승진하여 기관총 대대를 지휘했다. 휴전 후 귀환하려고 애를 썼지만, 어떻게 된 일인지 옥스퍼드로 보내졌다. 그래서 그는 걱정이 되었다. 데이지는 편지에서 어째서 돌아오지 않는지 초조한 절망감을 나타냈다. 왜 돌아오지 않는지 이해할 수 없다고도 했다.

그녀는 외부 세계의 압력을 느끼고 있었다. 그녀는 다시 그의 얼굴을 보고 그의 존재를 가까이 느끼고 자기가 택한 길이 옳았다는 안도감을 얻고 싶다고 했다.

데이지는 젊었다. 사교 시즌과 함께 움직이기 시작했다. 하루 여섯 명의 남자와 여섯 번의 데이트 약속을 했고, 새벽녘이 되어서야 이브닝드레스를 침대 옆에 뒤죽박죽으로 벗어던진 채 잠에 빠져들었다. 그녀는 내부의 뭔가를 결단 내리기 위해 몸부림치고 있었다. 당장에라도 자기 생활을 안정시키고 싶었다. 사랑의 힘이든 돈의 힘이든 아니면 저항하기 어려운 현실의 요청이든, 어떤 힘에 의해서든 안정시킬 필요가 있었다.

그 힘은 톰 뷰캐넌의 출연에 의해 현실화되었다. 그는 용기나 지위도 있었고 풍채도 당당해서 데이지의 허영심을 채워줄 수 있었다. 물론 뷰캐넌을 선택하기에 앞서 그녀에게는 어느 정도의 고민이 있었다. 그리고 어느 정도의 안도감이 있었던 것도 사실이었다. 이 소식은 개츠비가 아직 옥스퍼드에 있을 때 알게 되었다.

롱아일랜드에 새벽이 찾아왔다. 우리는 모든 창문을 열어서 황금빛의 아침 햇살을 실내 가득 채웠다. 공기 중에는 거의 바람이라고는 할 수 없을 정도의 느린 움직임이 흐르고 있어서, 이날 하루가 시원하고 화창한 날이 될 것 같았다.

"그녀가 그 사람을 사랑한 적이 있다고는 생각하지 않습니다."

개츠비는 창가에서 돌아서며 도전하듯 내 얼굴을 쳐다보았다.

"당신도 기억하고 있겠지요, 친구. 그녀는 매우 흥분해 있었어요. 그 남자는 그녀를 두렵게 하려고 그런 얘기를 들려준 겁니다. 나를 마치 하찮은 사기꾼이나 뭐 그런 인간처럼 들리게 말입니다. 그래서 그녀도 자기가 무얼 말하고 있는지 분간을 못하게 되어버렸던 겁니다."

그는 우울한 얼굴로 앉았다.

"물론 그녀도 잠시 동안은 그 사람을 사랑했을지 모릅니다. 결혼했던 당시에는 그랬지만 그때도 역시 그녀는 나를 더 사랑하고 있었을 겁니다."

그렇게 말하고 그는 또 묘한 말을 했다.

"어쨌든 그건 단지 개인적인 일에 지나지 않습니다."

이 말은 연애 문제에 대한 그의 생각이 충돌한 것이라고 여기는 것 외엔 달리 해석할 방법이 없었다.

그가 프랑스에서 돌아왔을 때, 톰과 데이지는 아직 신혼여행을 계속하고 있었다. 그는 있는 돈을 다 털어서, 비참한 기분이긴 했지만 루이빌을 방문했다. 그는 그곳에서 일주일간 머물면서 그 옛날 둘이 함께 걸었던 길을 걸었고, 그녀의 흰 자동차로 드라이브했던 시골길도 찾아가 보았다. 데이지의 집이 언제나 다른 집보다 더 화려하고 신비하게 보였듯이, 루이빌 도시는 그녀가 없어진 지금에 와서도 그의 머릿속에는 아름다운 우수로 남아 있었다. 그는 더 열심히 찾았으면 그녀를 찾을 수 있었을지도 모른다고 생각하면서, 그녀를 뒤에 남겨두고 가는 듯한 기분으로 루이빌을 떠났다. 그는 가장 아름답고 좋았던 추억의 한 부분을 영원히 잃었다는 것을 깨달았다.

우리가 아침식사를 끝내고 베란다에 나간 것은 9시경이었다. 정원사가 다가왔다.

"개츠비 님, 오늘은 풀장의 물을 빼려고 하는데요. 곧 나뭇잎도 떨어질 테고, 그렇게 되면 파이프가 막히거든요."

"오늘은 하지 말아요."

개츠비가 대답했다. 그는 변명하듯 나를 쳐다보았다.

"당신도 알겠지만 나는 올여름에 한 번도 풀장을 사용하지 않았어요."

나는 시계를 보며 일어났다.

"열차 시간까지 12분밖에 안 남았습니다."

나는 뉴욕에 가고 싶지 않았다. 일도 잘될 것 같지 않았지만, 그것보다는 더 큰 이유가 있었다. 나는 개츠비의 곁에서 떠나고 싶지 않았다. 결국 두 번이나 더 열차를 놓치고 나서야 겨우 떠날 결심을 하였다.

"나중에 전화하겠습니다."

나는 단호하게 말했다.

"그렇게 해주세요, 친구."

나는 악수를 나누고 그곳을 떠났다. 그러나 울타리 있는 곳에 도착하기 전에 문득 생각난 것이 있어서 그를 돌아보았다.

"그 사람들은 하찮은 인간들입니다."

나는 잔디밭 너머로 외쳤다.

"당신은 그 사람들 전부를 한데 모아놓은 것만큼 가치 있는 사람입니다."

내가 그 말을 한 것을 그 후에도 내내 기쁘게 생각하고 있다. 그것이 내가 그에게 해준 유일한 칭찬이었기 때문이다. 나는 처음부터 그를 인정하지 않았으니까. 그는 수줍게 고개를 끄덕였다. 그리고 마치 우리가 지금까지 내내 그 사실을 인정하고 크게 유쾌해하고 있었던 것처럼, 그 특유의 무엇이든지 이해하고 있다는 듯한 빛나는 미소를 지어 보였다. 화려한 핑크색 정장이 흰 돌계단을 배경으로 화사한 분위기를 만들고 있어서, 나는 3개월 전 처음으로 그의 저택을 방문했던 날 밤을 생각했다.

그때 그의 저택 정원에는 그의 타락을 추측하던 얼굴들이 우글대고 있었다. 그리고 그는 계단 위에 서서 자기의 순수한 꿈을 감추고 그들에게 손을 흔들어 작별인사를 하고 있었다.

나는 그에게 따뜻하게 대해준 것에 감사했다. 그 점에 대해서 우리는 언제나 그에게 감사하고 있었지만 나도 그리고 다른 사람들도 예외는 아니다.

"안녕!"

나는 큰소리로 인사했다.

"아침식사 즐거웠소, 개츠비 씨!"

뉴욕에 간 나는 많은 주식 상장표를 만들려고 했지만, 그만 회전의자에 앉은 채 졸고 말았다. 전화벨 소리에 놀라서 잠을 깬 나는 이마에 땀을 흘리며 일어나 앉았다. 조던 베이커의 전화였다. 그녀의 목소리는 늘 상쾌하고 기운이 넘쳐흘렀지만, 이날만은 그 목소리가 귀에 거슬렸다.

"데이지 집에서 방금 나왔어요."

그녀는 말했다.

"지금 햄프스테드에 있는데 점심시간 지나서 사우스햄프턴으로 갈 거예요."

데이지의 집에서 나오는 편이 현명할 것이라는 기분은 들었지만, 나는 그녀의 약삭빠른 행동에 화가 났다. 그래서 다음 말을 듣고 순간적으로 몸이 굳어버렸다.

"어젯밤 당신은 내게 그다지 친절하지 않더군요."

"그럴 상황이 아니었잖소."

잠시 대화가 끊겼다. 다시 그녀가 말했다.

"하지만 만나고 싶군요."

"나도 만나고 싶소."

"오후에 뉴욕으로 갈까요?"

"아니, 오늘 오후는 좀 어렵군요."

"좋아요, 그럼."

"오후에는 무리야, 여러 가지……."

우린 이런 식으로 대화를 나누고 있었지만, 그러는 동안에 언제인지 모르게 얘기가 끊겼다. 어느 쪽이 수화기를 내려놓았는지 모르겠지만, 그런 건 상관없다는 기분이 들었던 것을 분명히 기억한다. 설령 그대로 그녀와 두 번 다시 얘기를 나눌 기회가 없어진다 해도 그날은 테이블에 마주 앉아서 그녀와 떠들 기분이 아니었다.

잠시 후 개츠비의 집에 전화를 걸었지만 통화 중이었다. 네 번째 전화에서 마침내 화가 난 교환수가 디트로이트에서 장거리 전화가 와 있어서 통화가 안 되는 것이라고 알려주었다. 나는 시간표를 꺼내 3시 50분 발 열차에 표시를 했다. 그때가 정각 12시였다.

그날 아침 열차가 잿빛 계곡을 지나갈 때, 나는 반대편으로 좌석을 옮겼다. 분명히 호기심 많은 사람이 종일 그 주변에 모여 있을 테고, 아이들은 흙먼지 속에서 얼룩을 찾고 있을 것이다. 그리고 말많은 남자가 사건의 내막을 몇 번이고 반복해서 지껄일 것이고, 그러는 동안에 자기 자신도 점점 현실감이 흐려져 제대로 진상을 전할 수 없게 되어 버릴 것이다. 이렇게 머틀 윌슨의 비극은 사람들의 기억 속에서 잊혀질 것이다. 나는 그런 생각을 하고 있었다.


그럼 여기서 이야기를 앞으로 돌려 전날 밤 우리가 사라진 뒤 윌슨 가게에서 있었던 일을 말할까 한다.

사람들은 동생 캐서린이 있는 곳을 알아내느라 고생을 했다. 그녀가 나타났을 때는 완전히 만취한 상태여서 언니의 시신을 태운 구급차가 플러싱으로 갔다고 해도 못 알아들었다. 그러나 조금 지나서야 비극을 이해했는지 그녀는 견딜 수 없다는 듯 정신을 잃고 말았다. 그리고 친절한 누군가가 자기 차에 그녀를 태우고 언니의 시신이 실려 있는 구급차 뒤를 따라갔다.

자정이 훨씬 지날 때까지 많은 사람이 몰려들었고, 조지 윌슨은 안쪽에 있는 긴 의자 위에서 몸을 앞뒤로 흔들고 있었다. 윌슨 옆에는 미카엘리스를 비롯해서 몇 명의 남자들이 있었다. 처음에는 너댓 명 이었는데, 나중에는 두세 사람이 되었다. 밤이 더 깊어지자 다들 돌아가고 미카엘리스만이 새벽녘까지 윌슨의 옆에 있어 주었다.

새벽 3시경이 되자 윌슨은 차츰 평온해졌고, 노란색 차에 대해 말하기 시작했다. 그 노란색 차가 누구의 것인지 알아낼 방법이 있다고 말했다. 이어서 2, 3개월 전에 아내가 얼굴에 타박상을 입고 코가 부어서 뉴욕에서 돌아온 일이 있다고 느닷없이 말했다.

윌슨은 자기가 한 말에 몸을 움츠리면서 애처로운 목소리로 '오오, 하느님!' 하고 호소하기 시작했다. 미카엘리스는 그러한 그의 기분을 다른 곳으로 돌리려고 애를 쓰고 있었다.

"조지, 결혼한 지는 몇 년이나 됐소? 좀 진정하고 내 말에 대답해봐요."

"12년이지."

"아이는 없소? 아이는 낳은 적이 없냐 말이오."

딱딱한 갈색 풍뎅이가 날아와 희미한 전등의 갓에 계속 부딪치고 있었다. 바깥을 질주하는 자동차 소리는 몇 시간 전에 뺑소니 친 그 자동차 소리와 같은 느낌이 들었다. 미카엘리스는 아까까지 놓여 있던 시체 때문에 피로 더럽혀진 작업대가 마음에 걸려 차고에 들어가지 않고 사무실에서 서성거렸다. 그러고는 가끔 윌슨의 옆에 앉아 그의 마음을 가라앉히려고 애쓰고 있었다.

"조지, 다니는 교회가 있나요? 내가 교황님께 전화해서 목사님을 오시라고 하면 말씀을 들어주실 텐데……"

"난 아무 교회도 나가지 않아."

"교회는 정해놓는 것이 좋아요. 당신도 교회에서 결혼식을 올렸겠지요? 조지."

"그건 먼 옛날 얘기야."

대답하려는 노력 때문에 윌슨의 몸을 흔드는 리듬이 깨져버렸다. 잠시 동안 그는 말이 없었다.

"거기 서랍 안을 봐."

그렇게 말하고 책상을 가리켰다.

"어느 서랍이요?"

미카엘리스는 가까운 서랍을 열었다. 안에는 은색의 끈과 가죽으로 짠, 개를 묶을 때 쓰는 가죽 띠가 있을 뿐이었다.

"이것 말이오?"

윌슨은 눈을 크게 뜨고 고개를 끄덕였다.

"그걸 어제 오후에 찾았어. 여편네는 그것에 대해 변명을 하려고 했지만, 나는 아무래도 이상한 점이 있다고 생각했지."

"그러니까 부인이 이걸 샀다는 말이죠?"

"그걸 화장지에 싸서 자기 화장대 안에 넣어두었더군."

미카엘리스가 보기엔 별 이상한 점이 있는 것 같지 않았다. 그는 그 끈을 산 이유를 몇 가지 말해보았다. 윌슨은 그와 같은 이유를 전에 머틀한테서도 들은 적이 있는듯했다. 그는 또다시 '오오, 하느님!' 하고 중얼거렸다. 그래서 미카엘리스는 말하려고 했던 몇 가지 생각을 입 밖에 내지 못하고 말았다.

"그렇다면 그놈이 여편네를 죽인 거야." 하고 윌
슨이 말했다. 그리고 그 입술이 갑자기 빼끔히 벌
어졌다.

"놈이라니, 누구 말이오?"

"나는 알아낼 방법이 있어."

"조지, 이번 일로 너무 가슴이 아파 스스로 자기
가 무슨 말을 하고 있는지 모르는군요. 아침까지
가만히 앉아있는 것이 좋겠어요."

"그놈이 아내를 죽인 거야."

"그건 사고예요, 조지."

윌슨은 고개를 저으며 '흥!' 하고 콧방귀를 뀌었다.

"나는 알고 있어."

그는 단호하게 말했다.

"그건 그 차에 타고 있던 놈이 한 짓이야. 아내
가 그놈한테 할 얘기가 있어서 뛰어나갔지만 놈은
차를 멈추지 않았던 거야."

마카엘리스도 그것을 목격했지만, 그것에 특별
한 의미가 있을 거라곤 생각하지 않았다. 윌슨 부

인은 차를 세우기 위한 것이 아니라 남편으로부터 도망치기 위한 것이었다고 생각했기 때문이다.

"부인이 그런 짓을 할 리 없잖아요."

"그 여자는 속을 알 수 없는 여자였어."

윌슨은 그것이 마치 모든 문제에 대한 대답이 되는 것처럼 말했다.

"아아……"

그는 다시 몸을 흔들기 시작했다. 미카엘리스는 개 끈을 손으로 꼬면서 서 있었다.

창가에 푸른 기운이 비쳐 와서 새벽이 멀지 않은 것이 느껴지자 미카엘리스는 기분이 조금 나아졌다.

"나는 아내한테 말했어."

윌슨이 느닷없이 중얼거렸다.

"나를 속일 수 있어도 신은 속일 수 없다고. 나는 아내를 창가로 데리고 갔지."

그렇게 말하면서 괴로운 듯 일어나 뒤쪽 창가로 다가가 얼굴을 기대었다.

"그리고 말해줬지. 신은 네가 하는 짓을 알고 있다고, 네가 한 것이 무슨 짓이든 다 알고 있다고, 날 속일 수는 있지만 신은 속일 수 없다고!"

미카엘리스는 윌슨이 어둠 속에서 어스름한 빛을 받고 희미하게 보이기 시작한 거대한 에클버그 박사의 눈을 보고 있다는 것을 알고 깜짝 놀랐다.

"신은 모든 것을 보고 계셔."

윌슨은 되풀이했다.

"저건 단지 광고일 뿐이에요."

미카엘리스는 윌슨에게 말해주었다. 윌슨은 유리창에 얼굴을 바짝 대고 흐릿하게 밝아오는 밖을 내다보고 있었다.


오전 6시쯤 미카엘리스도 피곤에 지쳐 있었기 때문에 바깥에서 차 소리가 나자 기뻤다. 소리의 주인공은 전날 밤 윌슨을 지켜주던 사람 중 한 사람이었는데, 아침에 다시 오겠다고 한 사람이었다. 그래서 미카엘리스는 세 사람 분의 아침식사를 만들어 그 남자와 함께 먹었다. 그 후 미카엘리스는 자기 집으로 돌아갔다. 4시간 후 그가 눈을 뜨고 서둘러 윌슨의 가게에 가보니 그는 집에 없었다.

나중에 윌슨이 루즈벨트 항에 모습을 나타냈고, 이어서 개즈힐에 간 것까지는 행방이 밝혀졌다. 개즈힐까지 그의 행적을 밝히는 데는 아무런 어려움이 없었다.

정신이 이상한 남자를 발견한 아이들도 있었고, 길 옆에서 이상한 시선으로 노려보는 사람을 보았다는 운전사들도 있었기 때문이다. 그런데 그 후 3시간 동안, 그는 사람들로부터 모습을 감추고 말았다. 그러다 윌슨이 웨스트에그에 나타났다. 그는 개츠비의 집으로 가는 길을 묻고 있었다. 어느새 그는 개츠비의 이름을 알고 있었던 것이다.

개츠비는 전화가 오면 풀장에 있다고 전하라며 하인에게 말해두고는, 공기 매트리스를 메고 수영장 쪽으로 걸어가 잎이 노랗게 물들기 시작한 나무들 속으로 모습을 감추었다.

전화는 단 한 통도 걸려오지 않았다. 그러나 하인은 낮잠도 자지 않고 4시까지 전화를 기다렸다. 개츠비 자신도 솔직히 전화가 걸려오지는 않을 것이라고 예측했으리라 나는 생각한다. 어쩌면 마치 어떻게 되는 상관없다는 기분 아니었을까. 만약 그렇다면 이미 그는 오래 살아서 정이 들어버린 따뜻한 세상을 모두 잃어버린 느낌이었을 것이다. 너무나도 값비싼 대가를 치르면서, 너무나도 오랜 기간 단 하나의 꿈을 품고 살았다고 느끼고 있음이 틀림없다. 아마도 그가 살아오면서 경험하고 느낀 모든 것이 잔인하리마치 가혹하다고 몸서리 쳤을 것이다.

그의 주변에 있는 모든 것은 현실 세계에서는 존재하지 않으면서도 매우 구체성을 띤 새로운 세상이었다. 그곳에서는 유령들이 공기 대신 꿈을 호흡하면서 의미도 없이 헤매고 있었다. 유령들이 환영 같은 나무들 사이를 미끄러지듯이 움직여 그

307

를 향해 다가왔다. 인간의 형태를 한 잿빛 요괴처럼 말이다.

그 순간, 그의 운전사가 몇 발의 총성을 들었다. 그러나 그 소리를 마음에 두지 않았다고 나중에 그는 말했다.

나는 역에서 곧바로 개츠비의 집으로 차를 몰았다. 그리고 숨을 헐떡이며 계단을 달려 올라갔다. 우리 네 사람—운전사와 하인 그리고 정원사와 나—은 수영장으로 급히 달려갔다. 개츠비를 태운 공기 매트리스가 풀장 아래쪽을 향해 조금씩 불규칙하게 흔들리고 있었다. 한 무더기의 나뭇잎이 그것에 닿자 천천히 돌면서 수면에 가늘고 긴 빨간 원을 그렸다.

우리가 개츠비를 메고 집으로 들어간 뒤, 정원사가 조금 떨어진 잔디밭에서 윌슨의 시체를 발견했다. 이로써 비극적인 참극은 막을 내렸다.

제9장

개츠비의 죽음으로부터 2년이란 세월이 흘렀다. 그날의 상황을 돌이켜보면 경찰과 카메라맨, 신문기자들이 개츠비의 저택을 끊임없이 드나들던 어지러운 분위기밖에 기억나지 않는다. 저택 대문에는 굵은 밧줄이 처지고 경찰이 호기심 많은 사람의 방문을 제지하고 있었다. 형사일 것 같은 한 남자가 윌슨의 시체를 보면서 '미친 사람'이란 표현을 썼는데, 위엄 서린 힘을 지닌 그의 목소리는 다음 날 아침 신문 보도의 실마리가 되었다.

그 기사의 대부분은 악몽과도 같은 것이었다. 한마디로 진실과는 거리가 멀었다. 검시 심문에서 미카엘리스의 증언에 따라 윌슨이 아내에게 의혹을 품고 있었던 것이 밝혀졌을 때, 아무래도 이 사건은 통속적인 흥미를 끄는 소문거리를 제공하게 될 것이라고 예상했다. 그런데 많은 사실을 알고 있던 캐서린이 단 한마디도 비밀을 누설하지 않았다. 그렇게 그녀는 빈틈없는 여자임을 다시 한 번 보여주었다.

그녀는 검시관을 향해 단호한 말로, 언니는 개츠비라는 사람과는 한 번도 만난 일이 없고, 부부 사이는 굉장히 좋았으며 어떠한 남성 문제도 없었다고 단언했다. 그녀는 자기 자신에게도 그렇게 믿게 하려는 듯, 그런 일을 입에 담는 것만으로도 견딜 수 없다는 듯이 손수건을 대고 울기 시작했다. 그래서 윌슨은 '너무 비탄에 빠진 나머지 머리에 이상이 생긴' 남자로 결론 지어졌고, 결국 이 사건은 가장 단순한 형태로 종결되었다. 그리고 지금까지도 그렇게 남겨져버렸다.

그러나 이런 일들은 나에게 있어선 사건의 본질과는 아무런 관계가 없는 것들이었다. 이제 와서 생각해보니 나는 어느새인가 개츠비의 사람이 되어 있었고, 더구나 나 이외에는 아무도 그럴 만한 사람이 없었다.

내가 사건을 전화로 알린 순간부터 개츠비에 관한 모든 추측과 실질적인 질문들이 나에게 집중되었다. 처음에는 너무 놀랐고 귀찮았다. 그러나 개츠비의 시신을 보자, 달리 아무도 그에게 관심을 가지는 자가 없었으므로 점점 내가 책임자라는 기분이 들었다. 관심이라고 했는데, 요컨대 어떤 인간이라도 최후가 왔을 때는 누군가에게 강렬하고 개인적인 관심을 받을 수 있는 막연한 권리가 있지만, 그에게는 그런 사람이 단 한 명도 없었던 것이다.

우리가 개츠비를 발견하고 30분이 지나자 나는 반사적으로 데이지에게 전화를 걸었다. 그런데 수화기 너머로 들려오는 말로는 그녀와 톰이 여행가방을 가지고 외출을 했다는 것이다.

"행선지를 말하지 않았나요?"

"네."

"언제 돌아오는지는 압니까?"

"모릅니다."

나는 개츠비를 위해 누군가를 데려오고 싶었다. 나는 그가 누워 있는 방에 들어가서 그를 안심시켜 주고 싶었다.

"개츠비, 누군가를 데리고 올 테니까 걱정 마시오. 나를 믿어요."

마이어 울프샤임의 이름은 전화번호에 없었다. 하인이 브로드웨이에 있는 그의 사무실 주소를 알려주었기 때문에 나는 전화 안내원에게 전화를 걸었다. 내가 그의 전화번호를 알아냈을 때는 이미 5시가 훨씬 지나 있었기 때문에 전화를 걸어도 아무도 받지 않았다.

"다시 한 번 연결해주시겠습니까?"

"이미 세 번이나 연락했는데요."

전화 교환원이 말했다.

"매우 중요한 일입니다."

"죄송하지만 아무도 안 계신 것 같군요."

나는 응접실로 되돌아갔다. 그리고 모여 있는
이 사람들도 우연히 방문한 조문객이 아닐까 하는
생각이 문득 들었다. 내 머릿속에는 개츠비의 의
지 어린 말이 계속되고 있었다.

"자, 친구. 나를 위해 누군가 데려와주시오. 힘을
써주어야겠소. 나 혼자서는 도저히 이 사건을 헤
쳐나갈 수 없으니까요."

나는 2층으로 올라가 그의 책상 서랍을 뒤졌다.
그는 양친이 이미 죽었다고 분명하게 말해주지 않
았다. 그러나 그 무엇 하나 찾아내지 못했다. 단지
지금은 잊혀진 폭력의 상징이라고 말해야 할 댄
코디의 사진이 벽에서 꼼짝 않고 내려다보고 있을
뿐이었다.

다음 날 아침 나는 하인에게 울프샤임 앞으로
쓴 편지를 들려서 뉴욕으로 보냈다. 그 편지는 그
가 알고 있는 것을 알려 달라는 것과 다음 열차로

315

와 달라는 내용이었다. 구태여 부탁할 필요도 없는 것 아닌가 하는 생각도 들었다. 그는 어차피 신문을 보는 대로 달려와 줄 것이라고 믿고 있었기 때문이다. 그러나 전보도 울프샤임도 오지 않았다. 다만 경찰관과 카메라맨 신문기자들이 왔을 뿐이었다.

하인이 울프샤임의 답장을 가지고 돌아왔을 때, 나는 화가 났다. 그들 모두를 경멸하고 싶은 심정이었다.

캐러웨이 씨, 이번 일은 제 생애를 통틀어 가장 무서운 충격이라서 이런 일이 사실이라고는 정말 믿을 수 없을 정도입니다. 그자가 저지른 미친 짓은 우리 모두에게 생각해볼 여지를 만들어주었습니다. 현재 저는 상당히 중요한 업무 때문에 그곳에 갈 수 없으며, 지금은 이번 사건에 신경 쓸 수도 없습니다. 시간이 지난 다음에 제가 할 수 있는 일이 있다면 에드거를 통해 편지를 주십시오. 저는 이번 일로 너무나도 큰 충격을 받은 상태입니다.

마이어 울프샤임

그리고 그 아래에 휘갈겨 쓴 글씨로 두 줄이 덧붙여져 있었다.

장례식이나 그 외의 중요한 일정이 잡히면 연락해주십시오.
저는 그의 가족에 대해서는 전혀 모릅니다.

이날 오후 장거리 전화 교환원이 시카고에서 온 전화라고 말했을 때, 나는 이제야 데이지로부터 전화가 왔구나 하고 생각했다. 그러나 전화 음성은 남자였다.

"슬레그입니다."

"네, 무슨 일입니까."

들어본 적이 없는 이름이었다.

"전화 상태가 안 좋군요. 내 전보를 받았습니까?"

"전보라곤 한 장도 오지 않았습니다."

"파크 놈이 얼빠진 짓을 했군요."

상대방은 빠르게 지껄였다.

"그 채권을 건네주다 경찰에게 잡혔어요. 그 채권 번호에 대한 통지가 바로 5분 전에 뉴욕에서 왔습니다. 거기에 대해 아는 게 없습니까?"

"여보세요!"

나는 황당해서 말을 막았다.

"나는 개츠비가 아닙니다. 개츠비 씨는 돌아가셨습니다."

상대방은 침묵했다. 이어 놀라는 소리가 들렸다. 그리고 전화가 끊겼다.


헨리 C. 개츠라고 서명된 전보가 미네소타 주의 어떤 도시에서 온 것은 개츠비가 죽고 3일째 되던 날이었다. 곧 출발하겠다는 내용과 함께 장례식을 연기해 달라고 적혀 있었다.

　그 사람은 개츠비의 아버지였는데, 몹시 굳은 표정의 노인이었다. 그는 아직도 놀란 얼굴이었고 당장에라도 쓰러질 것처럼 보였기 때문에 안으로 들어가서 앉힌 뒤 사람을 시켜 먹을 것을 가지고 오게 했다. 그러나 그는 먹으려고 하지 않았다. 컵에 든 우유도 떨리는 손 때문에 다 쏟고 말았다.

　"시카고 신문에서 보았소."

　그는 말했다.

　"시카고 신문에 크게 실렸소. 그래서 곧바로 출발한 거요."

　"알리려고 해도 방법이 없었습니다."

　"미친놈의 짓이었다고 그러던데."

　그가 말했다.

　"미치광이임이 틀림없어."

　그는 단언하듯 덧붙였다.

　"커피 좀 드시겠습니까?"

　"아무것도 먹고 싶지 않소. 난 이제 괜찮소. 그

런데 이름이······."

"닉 캐러웨이라고 합니다."

"어쨌든 난 이제 괜찮소. 지미는 어디에 있소?"

나는 그를 아들이 누워 있는 응접실로 데리고
갔다.

어린아이들 몇이 현관 앞 계단 위까지 올라와
서 안을 들여다보고 있었다. 내가 지금 도착한 사
람이 누구인가를 말해주자 아이들은 마지못해 물
러났다.

잠시 후 개츠 씨가 문을 열고 나왔다. 얼굴은 상
기되어 있었고 울고 있었다. 그 정도의 나이가 되
면 죽음이라는 것도 소름 끼칠 정도로 경악을 느
끼게 하는 사건은 아닐 것이다.

시간이 지나자 그는 주위를 둘러보고 현관이나
그곳에서 다른 방들로 통하는 큰 방의 높이나 화
려함을 보았다. 슬픈 가운데서도 뿌듯함을 느끼는
것 같았다. 나는 그에게 모든 결정은 그가 도착할
때까지 연기하고 있었다고 말해주었다.

"혹시 서부로 운구하길 원하시나요?"

그는 고개를 저었다.

"지미는 옛날부터 동부를 좋아했소. 그 아이가 지금의 지위까지 오른 것도 동부였고. 당신은 지미의 친구요?"

"네, 친구입니다."

"아시겠지만 그놈은 앞길이 유망했었소. 아직 새파랗게 젊지만, 머리가 아주 좋았으니까."

"그렇습니다."


그날 밤 전화가 걸려왔다. 그런데 뭔가 두려워하는 것이 있는지 자기 이름을 말하기 전에 내가 누구인지 알고 싶다고 했다.

"전 캐러웨이입니다."

나는 대답했다.

"그래요!"

아주 안심이 되었다는 어조였다.

"전 클립스프링거입니다."

나 또한 마음이 놓였다. 장례식에 참석할 사람이 하나 더 늘었다고 생각했기 때문이다.

"장례식은 내일입니다."

나는 말했다.

"3시에 여기에서 합니다. 관심 있는 분이 계시면 알려주시겠습니까?"

"네, 그거야 전하지요."

그는 서둘러 그렇게 말했다.

"물론 나는 사람들을 만날 것 같지 않습니다만, 만약 만난다면 전하지요."

그의 말투에서 갑자기 의심이 들었다.

"물론 참석하시겠지요?"

"꼭 그러고 싶습니다만, 제가 전화를 건 용건은⋯⋯."

"잠깐만요!" 하고 나는 그의 말을 가로막았다.

"분명히 참석하시겠단 말씀이시죠?"

"아니, 실은 말입니다. 사실대로 말한다면 난 지금 그리니치의 어떤 사람 집에 머물고 있습니다.

내일 피크닉인가 뭔가 가기로 돼 있는데 저를 꼭 데리고 가야 한다는 군요. 물론 나는 어떻게든 빠지려고 최선을 다하겠지만 말입니다."

나도 모르게 '흥!' 하고 코웃음을 치고 말았다. 그에게 들렸음이 틀림없었다. 그는 머뭇거리다가 말을 계속했다.

"내가 전화를 한 용건은, 그곳에 신발을 두고 왔습니다. 대단히 죄송하지만 하인을 통해서 보내주셨으면 좋겠습니다. 테니스화입니다. 그것이 없으면 꼼짝을 못하거든요. 제 주소는……."

나는 전화를 끊어버렸다.

나는 개츠비에게 뭔가 부끄러움을 느꼈다. 내가 전화를 했던 어떤 사람이 개츠비가 그렇게 죽은 것은 자업자득이라는 식으로 말했다. 물론 내 잘못이었다. 그자는 언제나 개츠비가 대접하는 술을 마시고 술기운을 빌려 그 누구보다도 신랄하게 개츠비를 비난하던 인물이었기 때문이다. 그렇게 나는 전화를 거는 어리석음을 보이고 말았다.

장례식 날 아침 나는 마이어 울프샤임을 만나기
위해 뉴욕으로 갔다.

엘리베이터 보이에게 물어서 찾은 문에는 '스와
스티커 주식회사'라고 적혀 있었다.

"계십니까?"

몇 번인가 반복해서 부르자 칸막이 저편에서 누
군가 말하는 목소리가 들렸다. 이윽고 예쁜 유태
인 여자가 나타나 나를 빤히 쳐다보았다.

"아무도 없습니다."

그녀는 말했다.

"울프샤임 씨는 시카고에 갔습니다."

이 말은 거짓말이었다. 안에는 누군가가 '로저
리'를 틀린 박자로 부르고 있는 것이 들렸기 때문
이었다. 나는 개츠비의 이름을 꺼냈다.

"어머나!"

그녀는 나를 다시 한 번 쳐다보았다.

"잠깐만요, 이름이 뭐라고 했죠?"

그녀의 모습이 안으로 사라지고 잠시 후 마이

어 울프샤임이 엄숙한 태도로 문간에 나와 양손을
내밀었다. 그는 나를 끌고 사무실로 데리고 들어
가서 경건한 목소리로 지금은 우리 모두에게 슬픈
시간이라고 말하고는 나에게 담배를 권했다.

"처음 그를 만났을 때가 생각나는군요. 군대
를 막 제대한 젊은 소령이었는데, 전쟁 중에 받은
훈장을 잔뜩 달고 있었지요. 돈에 쪼들리고 있었
기 때문에 양복 살 돈이 없어서 군복을 입고 다니
는 수밖에 없었지요. 처음 그와 만난 곳은 43번가
의 와인브레너 당구장이었소. 그 사람은 일자리를
찾고 있던 중이었지요. 이틀 동안 아무것도 먹지
못했다고 해서 식사를 했는데 30분도 되기 전에
4달러어치 이상의 음식을 먹어치웠지요."

"그럼 당신이 일을 만들어주었습니까?"

"일을 만들었다고? 천만에, 나는 그를 키워주었소."

"그랬군요."

"나는 그 사람을 밑바닥에서 일어나게 했소. 나
는 그를 보는 순간 훌륭하고 신사다운 청년이라는

걸 당장 알아차렸는데, 옥스퍼드 졸업생이라기에
쓸모가 있겠다고 생각했소. 그래서 그를 재향군인
회에 입회시켰는데, 그 사람은 언제나 그곳에서
중요한 지위를 차지했었소. 올바니에 있는 내 단
골을 위해서도 일을 해주었지. 우리는 무슨 일에
든 그렇게 긴밀했지요."

그는 둥글게 살찐 손가락을 치켜 올려 보였다.

"언제나 함께였소."하고 말했다.

그 공동 사업 중에 1919년의 월드 시리즈 거래
도 들어있는 것일까 하고 나는 생각했다.

"이제 그 사람은 죽었습니다."

나는 잠시 사이를 두고 나서 말했다.

"당신은 제일 친한 친구였으니까 오늘 오후 그
사람의 장례식에 꼭 참석하시리라 생각합니다
만……"

"그야 가고 싶소."

"그렇다면 와주십시오."

그는 고개를 천천히 저었다. 그의 눈에는 눈물

이 고여 있었다.

"그건 안 되오. 말려들 수는 없습니다."

"말려들 일 같은 건 없습니다. 이미 모두 끝났습니다."

"사람이 살해당한 일에는 어떤 형태로든 말려들고 싶지 않으이다. 가까이 갈 수 없소. 나도 젊었을 때 친구가 죽으면 어떤 식으로 죽었든지 마지막까지 곁에 있었지요. 감상적이라고 생각할지 모르지만 농담이 아니오. 최후의 최후까지 말이오."

아무래도 그에게는 뭔가 이유가 있어서, 이미 안 가는 것으로 마음을 굳힌 것 같아 나는 그 자리에서 일어났다.

"당신은 그와 대학 동창인가요?"

갑자기 그가 물었다.

순간 나는 그가 예전처럼 소위 '거래선'을 맺지 않겠느냐고 제안하려나 하고 생각했지만, 그는 단지 고개를 끄덕이고 내 손을 잡았을 뿐이었다.

"우정은 죽고 나서가 아니라 살아 있는 동안에

보여주는 법이오."

그는 그렇게 말했다.

"죽고 나서는 만사를 가만히 내버려두는 것이 내 법칙이라오."

그의 사무실을 떠났을 때 하늘은 검은 구름으로 덮여 있었다. 나는 가랑비를 맞으며 집으로 돌아와 옷을 갈아입고 개츠비의 집으로 갔다. 개츠 씨가 흥분하여 현관을 왔다 갔다 하고 있었다. 그는 내게 뭔가 보여주고 싶은 물건이 있는 것 같았다.

"지미 녀석은 내게 사진을 보내주었소."

그렇게 말하면서 떨리는 손으로 지갑을 꺼냈다.

"이겁니다."

그것은 이 집 사진이었는데, 네 귀퉁이가 찢어지고 손때가 묻어 있었다.

"이곳을 보시오!" 하고 말하고는 나에게서 감탄하는 기색을 찾으려 했다. 그는 이 사진을 언제나 자랑삼아 사람들에게 보여줬을 것이다.

"지미 녀석이 이걸 나한테 보내줬는데 상당히

잘 나온 사진 아닙니까. 아주 잘 찍었지요?"

"잘 찍었군요. 최근에 아드님을 만난 적이 있습니까?"

"2년 전에 나에게 와서 지금 살고 있는 집을 사주었소. 녀석이 집을 뛰쳐나갔을 때 우리는 물론 무일푼이었소. 지금에야 생각해보면 그 녀석이 집을 나간 것도 다 이유가 있었지요. 창창한 미래가 자기 앞에 펼쳐져 있다는 것을 알고 있었던 겁니다. 녀석은 성공하고 나서 우리한테 정말 잘해주었어요."

그는 아쉬운 듯 사진을 집어넣고는 주머니에서 낡아빠진 책 한 권을 꺼냈다.

"이건 녀석이 어릴 적에 가지고 있던 책이오. 이걸 보면 그 아이의 사람됨을 알 수 있을 겁니다."

책의 마지막 빈 페이지에 '계획표'라는 제목과 1906년 9월 12일이라는 날짜가 적혀 있었다. 그리고 그 밑에는 다음과 같이 적혀 있었다.

기상 오전 6:00

아령 들기, 벽 기어오르기 오전 6:15-6:30

전기학 및 기타 공부 오전 7:15-8:45

작업 오전 8:30-오후 4:30

야구 및 운동 오후 4:30-5:00

웅변 연습, 포즈 연습 오후 5:00-6:00

필요한 새로운 방식의 연구 오후 7:00-9:00

결심한 일들

샤프터지나(알아볼 수가 없었다)에서 시간을 낭
비하지 말 것.

금연, 껌을 씹지 말 것.

하루 건너 목욕할 것.

매주 교양도서나 잡지를 한 권 읽을 것.

매주 5달러(지우고 3달러로 수정되어 있었다) 저
금할 것.

부모님께 더 잘할 것.


"나는 우연히 이 책을 찾아냈는데……."

노인은 말했다.

"이걸 보면 알 수 있겠지만 지미는 반드시 출세할 수밖에 없었소. 녀석은 언제나 이런 식의 결심을 하고 살았으니까요. 교양을 몸에 익히려고 얼마나 노력했던지, 나보고 돼지처럼 게걸스럽게 먹는다고 하기에 후려갈긴 적도 있었소."

그는 그 책을 덮는 것이 못내 아쉬운 듯 일일이 항목을 소리 내어 읽고는 내 얼굴을 바라보았다. 그는 마치 내가 항목을 옮겨 적어서 나를 위해 활용하길 바라는 듯했다.

3시 조금 전에 플러싱에서 루터교 목사가 도착했다. 다른 자동차도 오나 하고 창밖으로 시선을 돌렸다. 개츠비의 부친도 마찬가지였다. 예정시간이 다가오자 하인들이 채비를 시작하였다. 개츠비의 부친은 눈물 고인 눈을 껌뻑거리면서 괴로운 말투로 비가 내리고 있어서 그런가보다고 말했다. 목사가 몇 번이고 회중시계를 보았기 때문에 나는 그 옆에 가서 30분 더 기다려보자고 하였다. 소용없었다. 결국 오는 사람은 아무도 없었다.


5시쯤 세 대의 자동차로 구성된 장례 행렬은 묘지에 도착했다. 비는 심하게 내리고 있었다. 모두가 비를 흠뻑 맞으며 묘지 안으로 들어갔을 때, 차가 멈추는 소리와 이어서 물을 튀기며 우리 뒤를 쫓아오는 발소리가 들렸다. 돌아보니 그 사람은 3개월 전 어느 날 밤 개츠비의 서재에서 책을 보고 감탄하던 올빼미 안경을 쓴 남자였다.

어떻게 그가 장례식에 대해 알았을까. 아니, 나는 그의 이름조차 모른다. 그는 비에 젖은 안경을 벗고 개츠비의 묘에 덮인 천이 벗겨지는 것을 보려고 그 안경알을 닦았다.

그를 보고 있던 나는 갑자기 데이지 생각이 났다. 전보도, 꽃 한 송이도 보내지 않았다는 사실이 떠올랐다. 결국 그뿐이었다.

'죽어서 비를 맞는 이는 복되도다.'라고 중얼거리는 소리가 희미하게 들려왔다. 그러자 올빼미 안경을 쓴 남자가 큰소리로 '아멘.' 하고 말했다.

우리는 비 때문에 허겁지겁 자동차로 돌아왔다.

문에서 올빼미 씨가 말을 걸어왔다.

"집에는 갈 수 없을 것 같군요."

"한 사람도 오지 않았습니다."

"뭐라고요?"

그는 놀란 듯 말했다.

"세상에 그런 일이! 전에는 항상 수백 명이나 드
나들었는데."

그는 안경을 벗어 다시 한 번 닦았다.

"가엾은 사람……."

그는 그렇게 말했다.


개츠비도 톰도 데이지도 조던도 그리고 나도 모
두 서부인이다. 그래서 우리는 동부에서의 생활에
민감하게 적응하지 못하는 뭔가 공통적인 결함을
가지고 있었을 것이다.

동부가 어느 때보다도 내 가슴을 설레게 했을

때조차도, 오하이오 강 너머 꼴사납게 뻗어 있는 지루한 도시들에 비해 역시 동부가 훨씬 낫다고 절실하게 느끼고 있던 때조차도 나는 항상 동부가 일종의 뒤틀린 요소를 가지고 있다고 느꼈다.

개츠비가 죽은 후의 동부라는 곳은 그렇게 고칠 수 없을 정도로 뒤틀려 있는 곳이라는 생각이 뇌리에 박혔다. 그래서 나는 찬바람이 불 때가 다가오면 고향으로 돌아가기로 결심했다.

떠나기 전에 정리해야 할 한 가지 일이 있었다. 겸연쩍고 불쾌한 일이었으므로 그대로 두는 편이 좋을지도 모르지만 나는 드넓은 바다가 잔해를 처리해주는 대로 맡기기보다는 내 자신과 관련된 일은 떠나기 전에 말끔히 정리하고 싶었다.

그래서 나는 조던 베이커를 만났다. 우리 두 사람을 둘러싸고 일어났던 일이나 나에게 일어났던 일 등을 얘기했다. 그녀는 큰 의자에 앉아서 꼼짝 않고 듣고 있었다.

내가 말을 끝내자 그녀는 아무 설명 없이 단지

어떤 남자와 약혼했다고만 말했다. 그녀가 머리를 끄덕이기만 하면 결혼할 수 있는 상대가 몇 명 있기는 했지만, 나는 그 얘기가 믿기지 않았다. 아무튼 나는 깜짝 놀라는 시늉을 했다. 아주 짧은 순간에 내가 잘못하고 있는 게 아닐까 하고 생각해보았지만, 곧 나는 다시 이별을 말하려고 일어났다.

"하지만 당신이 나를 버린 거죠."

갑자기 조던이 말했다.

"당신이 그 전화로 날 버린 거예요. 지금은 당신이라는 사람이 나오는 상관없게 되었지만, 그때 나로서는 처음 당하는 일이었기 때문에 한동안은 약간 얼떨떨했어요."

우리는 마지막 악수를 나누었다. 그녀는 아무 말도 없었다. 나는 화가 나기도 했고, 반쯤은 그녀에게 애착을 느끼기도 했다. 그렇게 미안한 짓을 했다고 후회하기도 하면서 나는 고개를 돌렸다.

10월의 어느 날 오후, 나는 5번가의 보석상 쇼

윈도를 보고 있던 톰 뷰캐넌과 마주쳤다. 그가 먼저 나를 알아보고 손을 내밀면서 다가왔다.

"어떻게 된 거야, 닉? 나하고 악수하는 게 싫은 거야?"

"그래, 내가 자넬 어떻게 생각하고 있는지는 잘 알고 있잖아."

"농담하지 마, 닉."

뒤집어씌우듯 그는 말했다.

"말도 안 되는 소리, 도대체 무슨 소릴 하는 거야? 난 잘 모르겠는데."

"톰!"

나는 힐문하듯 말했다.

"그날 오후 윌슨에게 무슨 말을 했나?"

그는 더 이상 한마디도 하지 않고 나를 노려보았다. 그래서 윌슨의 행방이 묘연했던 그 몇 시간에 대한 나의 추측이 옳았던 것임을 알 수 있었다. 나는 그에게서 등을 돌렸다. 그리고 앞을 향해 걸었다. 그가 따라와서 내 팔을 잡았다.

"나는 그에게 있는 대로 말했을 뿐이야."

그는 말했다.

"우리가 외출 준비를 하고 있는데 그자가 들이 닥쳤어. 그 차가 누구 것인지 알려주지 않으면 당장에라도 날 죽일 것 같았어. 제정신이 아니더군. 내 집에 있는 내내 주머니 안에 든 권총에서 손을 떼지 않았어."

그는 잠시 말을 끊더니 호전적인 태도로 변했다.

"내가 그자에게 말했다고 해서 그게 뭐 어쨌다는 거야? 자업자득 아닌가. 데이지뿐만 아니라 자네도 눈을 못 뜨게 만들었던 모양이지만 그 녀석은 무자비한 놈이었어. 강아지라도 치듯이 머틀을 치었으면서 차를 세우지 않았잖아."

나는 아무 말도 할 수 없었다. 진상은 그렇지 않다고 하는 단 하나의 사실 이외에는 그에게 말해줄 것이 없었다.

"내가 아무런 고통도 느끼지 않았다고 생각한다면 오산이야. 나도 할 말이 있어. 그 아파트를 내

놓으려고 갔다가 그 개먹이 비스킷 상자가 식기대 위에 있는 것을 보고 난 주저앉아서 아이처럼 울었어. 정말 견딜 수가 없었어."

나는 그를 용서할 수도 좋아할 수도 없었지만, 그로써 자기가 한 일에 대해 조금도 양심의 가책을 느끼지 않는다는 것을 알 수 있었다. 모든 것이 너무나 경솔하고 또 복잡하게 뒤얽혀 있었다. 결국 톰과 데이지는 이기적이며 부주의한 인간들이었다.

나는 그와 악수를 했다. 하지 않는 것이 어쩐지 어리석은 일이라는 생각이 들었다. 내가 마치 어린애한테 얘기하고 있는 듯한 기분이 문득 들었던 것이다. 그러고 나서 그는 진주 목걸이 아니면 커프스 버튼을 사기 위해서인지도 모르겠지만 보석 상점 안으로 들어갔다. 나의 촌스러운 결벽증으로부터 도망쳐버린 것이다.

토요일 밤은 뉴욕에서 보냈다. 개츠비의 저택에서의 그 어지러운 파티에 대한 인상이 너무 생생하

338

게 남아 있었던 탓인지, 지금이라도 그의 정원에서 음악소리와 왁자하게 웃는 목소리가 끊이지 않고 들려오는 기분이 들었고, 지금이라도 그의 집 앞을 지나가는 자동차 소리가 들려오는 것 같았기 때문이다. 어느 날 밤에는 실제로 자동차 한 대가 들어가는 소리를 들었고 헤드라이트 불빛이 현관 앞을 비추는 것을 보았다. 파티가 영원히 끝났다는 것을 모르는 마지막 손님이었을지도 모른다.

드디어 마지막 날 밤, 나는 짐을 챙긴 뒤 그 거대한, 아무런 의미도 남기지 못하고 끝나버린 그 저택을 다시 한 번 들여다보려고 나갔다. 흰 계단 위에 아이들이 벽돌조각으로 써놓은 외설적인 낙서들이 달빛을 받아 뚜렷이 보였다. 나는 그것들을 구둣발로 쓱쓱 문질러서 지웠다. 그러고 나서 천천히 해변으로 걸어가 모래밭에 길게 누웠다.

이제 해변을 따라 자리 잡고 있는 저택들 대개가 문을 닫았다. 해협을 건너는 연락선의 희미한 불빛이 움직이는 것 외에는 거의 빛다운 빛은 보이지 않았다. 달이 점차 높이 떠오르자 작은 집들의 모습도 사라지고, 예전의 네덜란드 선원들의 눈에 꽃처럼 비쳤던 이 섬의 옛 모습이 서서히 내 눈에도 떠올랐다.

미지의 생각에 잠겨 있던 나는 문득 데이지의 집과 이어진 부두 끝에서 녹색등을 처음 발견했을 때의 개츠비의 놀라움을 생각해보았다. 그는 기나긴 여로 끝에 이 푸르른 잔디밭에 도착했으며, 이제 조금만 더 가면 잡을 수 있을 정도로 자신의 꿈에 가까워졌다는 기분이 들었을 것이다. 그러나 그 꿈이 이미 자기를 등지고 밤하늘 아래 검게 꿈틀거리는 도시 저 너머의 광대하고 흐릿한 어느 곳으로 물러가버렸다는 것을 알지 못했다.

개츠비는 해가 거듭될수록 우리 앞에서 멀어져 가는 그 녹색 불빛의 존재들, 그 광란의 미래가 자신에게 다가오리라고 굳게 믿고 있었다. 하지만 그것은 우리의 손을 빠져나가 저 멀리 달아났다. 그러나 걱정할 일은 아니다. 우리는 내일이 되면 더 빨리 달려서 양팔을 더 멀리까지 뻗고 미래를 향해 나아가게 될 것이다. 그리고 어느 맑은 날 아침에 우리는 끊임없이 과거로 밀려가면서도 물결을 거슬러 올라가는 노 젓기를 계속할 것이다.

# 작품 해설

20세기 미국문학을 대표하는 소설인 『위대한 개츠비』는 F. 스콧 피츠제럴드의 세 번째 장편소설로 1925년에 출간되었다. 이 소설은 《타임지》가 선정한 현대 100대 영문소설, 《뉴스위크》 선정한 100대 명저, BBC가 선정한 꼭 읽어야 할 고전소설, 《옵서버》가 선정한 '인류 역사상 가장 훌륭한 책'이란 찬사를 받았다. 저자 피츠제럴드는 이 소설을 발표하면서 일약 미국 문단의 인정을 받았다. 왜냐하면 이 소설은 1920년대 미국의 사회상을 적나라하게 보여주었기 때문이다. 그만큼 『위대한 개츠비』를 빼놓고 미국 현대 소설을 이야기하기란 사실상 불가능하다.

『위대한 개츠비』의 시대배경인 1920년대의 미국은 청교도적인 경건함이 무너지면서 허황된 물질주의와 도덕적 해이와 쾌락만을 쫓는 사회적 분위기, 부와 지위에 집착하는 허영심 등 혼란과 무질서로 가득한 혼돈의 시대였다. 당시의 젊은 사람들을 미국의 '잃어버린 세대'로 지칭했는데, 피츠제럴드는 소설 속 등장인물의 고뇌와 사건들을 통해 잃어버린 세대들의 공감을 얻으며 이를 대변하는 대표적인 작가로 자리매김했다.

소설 속 화자인 닉 캐러웨이가 묘사하던 1920년대는 제1차 세계대전 직후인 일명 '재즈시대'라고 불리는 시대였다. 미국은 급격한 산업화와 전쟁의 승리로 물질적인 풍요로움을 얻었지만 전쟁이 가져다준 참혹한 잔상을 직접 혹은 간접적으로 경험한 젊은이들이 많았다. 잃어버린 세대로 불리는 이들은 자신의 삶에 환멸을 느끼고 새로운 것을 찾아 유럽으로 떠났다. 그리고 그들은 그곳에서도 삶의 중심을 찾지 못하고 다시 고국으로 돌아오는 경우가 많았다. 『위대한 개츠비』는 당시의 인물과 배경을 설명하며 이를 날카롭게 묘사했다.

주인공인 개츠비는 미국 중서부 노스다코타 주에서 가난한 농부의 아들로 태어나 대단한 야심가로 출세를 꿈꾼다. 제1차 세계대전이 발발하자 그는 대위로 임관되어 참전하였고, 테일러 기지에 주둔하던 중에 교양 있는 상류층 여인 데이지를 만나 사랑에 빠진다. 그러던 어느 날 그는 해외로 파병되었고, 종전 후 귀향하려고 했으나 군의 명령으로 옥스퍼드로 가게 된다. 개츠비가 돌아오지 않자 불안해하던 데이지는 사교계에 진출하게 되고, 자신의 생활이 안정되기를 바라는 마음에 시카고 출신의 부호 톰 뷰캐넌과 결혼해버린다. 이 소식을 들은 개츠비는 데이지를 다시 찾기 위해 부자가 되기로 마음먹는다. 그 이후 불법적인 일을 하며 갑부가 된 개츠비는 데이지가 사는 곳 맞은편 해안가에 저택을 사서 매주 파티를 벌이며 데이지가 자신을 방문하길 희망한다.

『위대한 개츠비』는 큰 주제로 볼 때, 젊은 연인의 사랑과 낭만을 다룬 로맨스 소설이다. 하지만 세부적으로 보게 되면 모든 인물은 각자 다른 환경을 대표하며 많은 갈등 요소를 머금고 있다. 당시의 물질 번영으로 말미암아 탄생하게 된 신흥부자를 대표하는 개츠비와 집안 대대로 전통부자였던 톰 뷰캐넌과 데이지의 행동과 가치관에서 이들의 차이를 극명하게 알 수 있다. 돈으로 만들어낸 화려한 파티를 보여주며 자신의 부를 과시하던 개츠비와 유명인이지만 교양 없는 사람들의 낯선 방문이 복잡하다며 좋지 않은 시선으로 바라보던 톰과 데이지의 행동이 바로 그것이었다. 그리고 신흥부자인 개츠비가 살던 웨스트에그와 전통부자인 데이지가 살던 이스트에그의 동네 분위기와 이웃주민들을 묘사하는 글에서도 당시 사람들의 인식이 어떠했는지를 알 수 있다.

또한 근본을 알 수 없는 군인이었던 개츠비와 상류층 여자였던 데이지는 당시 미국사회에 돈과 명

예로 만들어진 신분의 차이를 보여준다. 두 사람의 이별은 이런 차이로 인하여 벌어졌으며 결국 개츠비가 신분 상승하고자 하는 욕구를 부채질했다.

소설 속에서 당시 사회상을 가장 적나라하게 반영한 부분은 도덕적 해이가 일상이 된 인물들을 묘사한 부분일 것이다. 이는 화자인 닉 캐러웨이를 제외한 거의 모든 인물에게서 쉽게 찾아볼 수 있다. 정부를 두고 불륜을 자연스럽게 저지르던 톰 뷰캐넌과 개츠비를 만나며 마지막 자동차 사건을 부정한 데이지를 비롯하여 개츠비의 친구이자 후견인인 마이어 울프샤임, 데이지의 친구이자 골프 선수인 조던 베이커에게서도 잘 드러난다.

울프샤임은 1919년 월드 시리즈를 조작할 만큼 막강한 힘을 행사하는 조직 폭력계의 거물로 밀주를 제조하여 유통하고 있었다. 그리고 닉과 잠시 인연이 있었던 조던은 골프 시합에서 부정한 방법으로 경기를 하고 승리한 부정직한 인물로 묘사된다.

개츠비 또한 도덕적 해이로부터 자유로울 수 없는 인물이다. 개츠비라는 이름도 자신이 살던 시골에서 도망치듯 나오기 위해 만들어진 이름이며 그와 둘러싼 모든 배경 또한 거짓으로 만들어진 것이었다. 그리고 개츠비는 부를 쌓기 위해 당시에 금주법이 제정돼 불법이던 알코올을 만들어 판매하였다.

주인공 개츠비는 끝내 데이지의 진정한 사랑을 얻지 못하고 허망하게 죽고 만다. 소설 속에서 그는 데이지에게 항상 자신만을 사랑해왔다는 말을 대답하길 강요하며 그녀에게 집착하는 모습을 보인다. 데이지는 개츠비에게 모든 것을 내려놓고 자신과 함께하길 바라지만 개츠비는 자신이 이룩한 견고한 저택에 데이지만이 들어와 자신과 함께하길 희망한다. 데이지를 얻기 위해 일궈낸 지금까지의 업적을 포기하고 싶지 않았기 때문이었다. 어쩌면 개츠비가 진정으로 사랑한 것은 데이지가 아닌 데이지가 가지고 있는 지위와 환경, 그녀에 대한 집착이 만들어낸 자신의 의지가 아니었을까.

피츠제럴드는 『위대한 개츠비』를 '자신이 영어로 쓴 소설 중에 최고라고 자부할 수 있는 작품'이라고 말했다. 그만큼 『위대한 개츠비』는 피츠제럴드의 세계관을 대표하는 작품으로 물질문명을 대표하는 현대 사회를 살아가는 우리들의 삶을 반추해보는 교훈을 주는 작품이다.

# 작가 연보

1896년 9월 24일 미국 미네소타 주 세인트폴에서
에드워드 피츠제럴드와 몰리 퀄 리언의 사
이에서 태어남. 그의 이름은 미국 국가 '스
타 스팽글드 배너(Star Spangled Banner)'를
작사한 시인이자 그의 먼 친척인 프랜시스
스콧 키에게서 물려받음.

1909년 첫 단편 작품 「레이먼드 저당의 신비」가
세인트폴 아카데미에서 발행하는 잡지
《지금과 그때》에 발표됨.

1911년 뉴저지 주의 뉴먼 스쿨에 입학. 이곳에서
피츠제럴드에게 막대한 영향력을 끼친 키
릴 시고니 웹스터 페이 신부를 만남.

1913년  뉴저지 주의 프린스턴 대학에 입학. 미국
       문단에서 크게 활약한 비평가 에드먼드 윌
       슨과 시인 존 필 비숍과 친구가 됨.《나소
       문학》잡지와《프린스턴 타이거》에 단편,
       희곡, 시 등을 발표함.

1914년  세인트폴에서 일리노이 주 레이크 포레스
       트 출신의 16세 소녀 지니브러 킹을 만남.
       그러나 훗날 가난하다는 이유로 거절당하
       게 되는데, 이 경험은 그의 모든 작품에 중
       요한 모티브가 됨.

1917년  지니브러 킹은 다른 남자와 약혼하게 되면
       서 피츠제럴드는 프린스턴을 떠나 미 보병
       대의 소위로 임관됨. 「낭만적인 에고이스
       트(Romantic Egoist)」의 집필을 시작함.

1918년  앨라배마 주 대법원 판사의 딸인 젤다 세
       이어를 만남. 탈고를 끝낸 「낭만적인 에고
       이스트」를 스크리브너스 출판사에 보내지
       만 출간을 거절당함.

1919년 제1차 세계대전이 끝나 군에서 제대한 뒤 뉴욕으로 가 배런콜리어 광고 회사에 입사하지만 피츠제럴드의 미래가 불투명하다는 이유로 젤다가 약혼을 파기함. 이후 「낭만적인 에고이스트」의 개작에 몰두하고, 스크리브너스 출판사에서 「낙원의 이쪽」이라는 제목으로 출간을 허락받음.

1920년 『낙원의 이쪽(This Side of Paradise)』 출간. 엄청난 성공과 경제적 여유와 인기를 얻고 남부로 돌아와 젤다와 약혼 후 결혼. 가을 잡지 《스마트 셋》에 희곡 〈오월제〉를, 《새터데이 이브닝 포스트》에 「말괄량이 아가씨들과 철학자들」 발표.

1922년 화이트 베어 요트 클럽으로 이사를 하고 그곳에서 「위대한 개츠비」의 초기 줄거리를 만듦. 이후 피츠제럴드는 뉴욕으로 돌아와 그레이트 넥, 게이트웨이 드라이브 6번지에서 링 라드너를 만나고 「위대한 개츠비」의 배경이 되는 세상에 대해 알게 됨.
「겨울 꿈(Winter Dream)」이 메트로폴리탄
12월호에 개제됨.

1923년 장편 희극 〈야채(The Vegetable)〉가 애틀랜
틱 시에서 시험 공연 실패. 이후 피츠제럴
드는 빚을 갚기 위해 5달 동안 단편 소설
의 집필에 전념.

1924년 유럽으로 이주. 남프랑스의 앙티브 만에서
만난 사라 머피와의 경험은 「밤은 부드러
워」의 줄거리에 중심적인 역할을 함. 「면
제(Absolution)」가 《아메리칸 머큐리》 6월
호에 개제. 또한, 「위대한 개츠비」의 초고
집필 및 개작에 들어감.

1925년 『위대한 개츠비(The Great Gatsby)』 출판.
프랑스 몽파르나스에서 어니스트 헤밍웨
이를 만나고, 파리 근교에서 이디스 워튼
을 만남.

1926년 1월 《레드북》에 「부잣집 아이(The Rich

Boy)」가 출간되고, 2월에 「모든 슬픈 젊은
이들(All the Sad Young Men)」이 출간됨.

1927년 할리우드 영화사에서 일하기 시작. 그곳에
서 「밤은 부드러워」에서 로즈마리 호이트
의 모델이 된 로이스 모런과 사귐.

1929년 「벨라의 최후(The Last of the Belles)」가 《새
터데이 이브닝 포스트》에서 출간됨.

1930년 젤다가 신경쇠약 증세를 보이기 시작. 병
치료를 위해 스위스로 이주하고 젤다는 프
랑젠스 진료소에 입원.

1931년 피츠제럴드의 부친 사망. 「다시 찾은 바빌
론」이 《새터데이 이브닝 포스트》 2월호에
게재. 미국으로 돌아온 그는 할리우드로
가 메트로-골드윈-메이어 사에서 일함.

1932년 젤다가 재발된 신경쇠약으로 메릴랜드 주
의 존스 홉킨스 대학병원에 입원.

1934년 젤다가 신경쇠약으로 쓰러짐. 『밤은 부드
러워(Tender is the Night)』 출간.

1935년  피츠제럴드가 병에 걸려 휴양을 위해 트라
        이턴과 애슈빌에 머뭄. 「붕괴」라는 에세이
        집에 실리게 되는 글을 이때 집필.

1936년  젤다, 애슈빌의 하일랜드 정신 병원에 입
        원. 피츠제럴드의 모친 사망.

1937년  그는 세 번째로 할리우드로 가서 MGM과의
        6개월간 계약을 맺음. 이 무렵에 칼럼니스
        트 셰일러 그레이엄과 만남. 이들의 교제는
        피츠제럴드가 사망할 때까지 계속됨.

1938년  MGM은 피츠제럴드와의 계약을 갱신하지
        않음.

1939년  1940년 봄까지 할리우드에서 프리랜서로
        일함. 할리우드를 소재로 한 소설 「겨울 카니
        발(Winter Carnival)」은 뉴욕 병원에서 완성.

1940년  「마지막 거물」을 집필. 《에스콰이어》 지
        에 「팻 하비(Pat Hobby)」 실림. 12월 21일
        44세의 나이로 그레이엄의 집에서 심장마
        비로 사망.

1941년  미완성  유작인 『마지막  거물(The Last Tycoon)』이  친구 에드먼스 윌슨의 편집으로 출간됨.

1948년  하일랜드  병원에서  치료 중이던 아내 젤다가 화재로 사망.